A

Nach dem frühen Tod der Mutter wächst Thaïs Leblanc bei ihrer Großmutter Victoria im Zirkus auf. Kaum volljährig, zieht sie nach Paris und will nur eins: Normalität. Doch als die Großmutter stirbt, konfrontiert deren Testament Thaïs mit ihrer Familiengeschichte. Sie macht sich auf den Weg nach Arles, um ihre schmerzhaften Jugenderinnerungen mit Victoria zu beerdigen. Doch mit dem seltsamen Testament holt Thaïs die Vergangenheit wieder ein. Und sie muss sich entscheiden: Will sie weiter ein *normales* Leben führen oder endlich beginnen, *ihr eigenes* Leben zu führen?

Peter Goldammer, 1957 in Hamburg geboren, ging als Werbetexter in die Schweiz und baute danach eine der größten deutschen Werbeagenturen auf. Heute lebt und arbeitet er als freier Autor in Hamburg. *Der Zirkus der Stille* ist sein erster Roman.

Peter Goldammer

DER ZIRKUS DER STILLE

Roman

Atlantik

Atlantik Bücher erscheinen im
Hoffmann und Campe Verlag, Hamburg.

1. Auflage 2017

www.hoca.de *www.atlantikverlag.de*
Satz: pagina GmbH, Tübingen
Druck und Bindung: C.H.Beck, Nördlingen
Gesetzt aus der Trump Mediäval
Printed in Germany
ISBN 978-3-455-00208-9

HOFFMANN
UND CAMPE

Ein Unternehmen der
GANSKE VERLAGSGRUPPE

I

DER KUSS DES SCHICKSALS

Sein Name war Mister Kismet. Ein seltsamer Name, Herr Schicksal, ich weiß. Aber welcher Name ist schon normal für einen grauhaarigen Schimpansen im Smoking?

Mister Kismet gehörte zur Pferdedressur meiner Großmutter, mit der sie in den sechziger Jahren im Zirkus Beck gastierte. Am Ende ihrer Nummer hatte er seinen Auftritt. Wenn *die unvergleichliche Madame Victoria*, wie sie damals auf Zirkusplakaten tituliert wurde, in der Mitte der Manege stand – die Longierpeitsche in der einen Hand, Mister Kismet an der anderen –, die Schimmel um sie herumgaloppierten, Holzspäne flogen, die Musik anschwoll und sie zum Tusch ihr »Allez!« rief, dann war sein Moment gekommen: Kreischend riss sich Mister Kismet von ihrer Hand los und schwang sich auf den Rücken von Royal

Highness, der Lieblingsstute meiner Großmutter, die genau in diesem Moment auf die Hinterbeine stieg. Mister Kismet klammerte sich am Zaumzeug fest, fletschte die großen gelben Zähne, nickte wild mit dem Kopf und gab glucksendes Geschnatter von sich, als würde er lauthals lachen. Die anderen Pferde galoppierten hinaus – meine Großmutter bestieg Royal Highness und drehte eine letzte Runde in der Manege, Mister Kismet auf dem Arm, der allen brav zuwinkte. Das Publikum tobte. Damals reichte so etwas noch, um das Publikum zum Toben zu bringen.

Von Mister Kismet und mir gibt es ein Foto aus dem Jahr 1966. Damals war ich zwölf Jahre alt. Großmutter hat es aufgenommen, als wir zusammen in ihrem Zirkuswagen frühstückten, was in jener Zeit – drei Monate nach dem Tod meiner Mutter – bedeutete, dass sie ihren schwarzen Kaffee trank, schweigend Reitmagazine las und ich hohläugig neben ihr hockte und mein Croissant zerbröselte, ohne einen Bissen zu essen. Großmutter bat mich, ihr den Zucker zu reichen. Ich reagierte nicht. Auch nicht, als sie ihre Bitte wiederholte, und auch nicht, als sie energisch meinen Namen rief. Ich saß einfach da und starrte die Krümel auf meinem Teller an. Bis sie mit dem Fuß aufstampfte und »Allez!« rief.

Plötzlich ging alles ganz schnell. Ich erschrak, schnellte hoch, Mister Kismet, der bisher gelangweilt herumgeturnt hatte, sprang mir – wahrscheinlich in Ermangelung von Royal Highness – auf den Rücken, klammerte sich an meine Haare, worauf ich in Panik zur offenen Tür hinausrannte und kreischend um den Wagen herumlief. Meine Großmutter, statt mir zu Hilfe zu eilen, griff nach ihrer Kamera, einer alten Voigtländer Vitessa, folgte uns und fotografierte mich und Mister Kismet lachend, als wäre das alles ein riesiger Spaß.

Später ließ sie das Bild rahmen und hängte es über den Esstisch, zeigte es stolz jedem Besucher und schwadronierte, ich hätte dabei vor Vergnügen gekreischt, weil Mister Kismet mir einen Kuss auf die Wange geben wollte. Es sei einer dieser wunderbaren Momente gewesen, das sagte sie wieder und wieder, einer dieser wunderbaren Momente.

Das Schlimmste daran war, dass sie diese Geschichte tatsächlich glaubte. Noch heute sehe ich ihren verzückten Gesichtsausdruck, wenn sie Jahre später, angeduselt von ihren Schnäpsen, von diesem wunderbaren Moment faselte.

Hätte mich je ein Mensch gefragt – was nie jemand tat –, wie ich mich in diesem wunderbaren Moment gefühlt habe, er hätte eine ganz andere Geschichte zu hören bekommen: Für mich zeigte die Aufnahme ein verstörtes kleines Mädchen, das ein wildgewordener Zirkusaffe angesprungen hatte, um ihm ins Gesicht zu beißen.

Jahrelang stritt ich mit Großmutter über diesen Moment. Wir wurden uns nie einig. Wenn ich heute an meine Kindheit denke, sehe ich mich in Großmutters

Wohnwagen sitzen und mit steinerner Miene das Bild anstarren. Und je grimmiger ich starrte, umso mehr schien Mister Kismet mich auszulachen.

2

DIE LETZTE VORSTELLUNG

Meinen vierundzwanzigsten Geburtstag hatte ich mir anders vorgestellt. Ganz anders. Um halb sechs in der Früh zwängte ich mich in das schwarze Kleid, das Isabella mir für diesen traurigen Anlass geliehen hatte, und stieg in mein rostiges Cabriolet, um 800 Kilometer quer durch Frankreich zu fahren. An einer Autobahntankstelle kurz vor Arles kaufte ich mir, als Geburtstagsgeschenk sozusagen, eine Packung Gitanes ohne Filter, obwohl ich eigentlich vor sieben Monaten mit dem Rauchen aufgehört hatte.

Trotz Karte verfuhr ich mich dreimal und erreichte viel zu spät das Ziel meiner Reise, die Rue Ernest Reyer in Arles. Ich parkte direkt vor der Nummer 23, einem weiß getünchten Bungalow, bei dem nur die bleiverglasten Fenster neben der Eingangstür verrieten, dass es sich um ein Bestattungsinstitut handelte – das Bestattungsinstitut Luban. Einen Ort, an dem man sich, wie es so schön in der Firmenbroschüre hieß, mit »besonderem Respekt und tiefem Mitgefühl« den Toten widmete.

Ich steckte mir eine Gitane in den Mund und schaute hinüber. Hier sollte sie also stattfinden, die letzte Vorstellung der unvergleichlichen Madame Victoria. Ich sah sie vor mir, in ihrem Paillettenkleid mit den Strasssternen, wie sie hinter dem Vorhang stand und durch einen kleinen Spalt ihr Publikum fixierte: Ich stand immer neben ihr, den kalten, silbernen Flachmann in der Hand, den ich ihr reichen musste, wenn der Direktor ihren Auftritt ankündigte. Das war das Zeichen. Sie nahm einen letzten Schluck und bestieg Royal Highness. Mir klingt noch das hölzerne Knarren des Tritts in den Ohren, den sie dabei benutzte, und ich sehe noch ihr maskenhaftes Lächeln, bevor sie hinausstürmte – ohne mich eines Blickes zu würdigen.

Nein, diesmal hatte ich keinen silbernen Flachmann dabei. Bei dieser letzten Vorstellung musste es ohne Wodka gehen.

Ich blickte die Straße entlang. Ich sah das pastellfarbene Wolkenband am Horizont, fast verdeckt von den umliegenden Häusern, sah die gebückten Olivenbäume, deren Blüten auf die Straße schwebten, ganz langsam, wie in Zeitlupe, und sah mich selbst im Auto sitzen, in einem schwarzen Kleid, das mir kaum Luft zum Atmen ließ. Das Klacken des Anzünders schreckte mich auf. Ich drückte den glühenden Heizdraht an die Zigarette und hoffte, dass mich das Nikotin beruhigen würde. Was aber nicht geschah.

Meine Großmutter – die unvergleichliche Madame Victoria – wäre gern woanders gewesen. Das war mal sicher. Zeitlebens wäre sie lieber woanders gewesen, ganz gleich, wo sie gerade war. Ihre Seele war bestimmt schon wieder auf Achse. Vor ein paar Jahren hatte ich im Scherz zu meinem Freund Daniel gesagt, man sollte auf ihren Grabstein schreiben:

Hier ruht die unvergleichliche
Madame Victoria Leblanc
(wenn sie nicht schon vorgegangen ist).

Es war wärmer als in Paris, obwohl es bereits dämmerte. Beim Überqueren der Straße blieben die gelben Blüten der Olivenbäume an meinen Schuhen kleben. Ich versuchte sie abzuklopfen, wollte Zeit gewinnen, blickte mich nach allen Seiten um, als würde ich überprüfen, ob mir jemand gefolgt war. Aber da war nichts und niemand, bis auf den warmen Wind der Provence, der mir durchs Haar fuhr. Langsam steckte ich meinen Zeigefinger dem Messingklingelknopf entgegen, holte tief Luft – und drückte.

Künstliche Glocken ertönten. Wenig später öffnete ein ernst blickender Mann die Tür. Zur Begrüßung setzte er ein dünnes Lächeln auf: »Guten Abend. Mademoiselle Leblanc, nehme ich an?« Bevor ich antworten konnte, trat er beiseite und bedeutete mir mit einer elegischen Handbewegung einzutreten. »Ich bin Jean-Baptiste Luban. Wir haben telefoniert, kommen Sie bitte …«

Ich nickte und betrat einen leeren Raum, auf dessen glattem Steinboden das Licht der goldenen Wandlüster buttrig schimmerte.

»Schön, dass Sie hergefunden haben, Mademoiselle«, sagte er fast flüsternd. »Die Fahrt war hoffentlich nicht zu … Bitte hier entlang, Mademoiselle, leider haben wir im Büro einen Wasserschaden, ich musste für unser Gespräch deshalb hier provisorisch Platz …«

Er deutete zur Stirnseite des Raums. Auf einem Schleiflackregal stand ein großer Strauß Lilien, davor zwei cremefarbene Stühle mit hohen Lehnen. Wir gingen hinüber und nahmen Platz, der schwere Duft der Lilien raubte mir den Atem.

»Entschuldigen Sie bitte die Unannehmlichkeiten«, sagte er. »Aber Sie verstehen, der Wasserschaden …«

Monsieur Luban schien die meisten Sätze nicht zu beenden. Ich nickte und versuchte, möglichst sittsam in meinem kniefreien Kleid zu wirken.

»Mademoiselle Leblanc, bevor wir über die Details der Beisetzung sprechen, möchte ich Ihnen noch einmal mein Beileid aussprechen.« Er senkte den Blick. Pause. Ich senkte ebenfalls den Blick, auf meine Schuhe, an denen noch immer ein paar Blüten klebten.

»Sie werden mir erlauben, wenn ich hinzufüge, dass es für Sie ein besonders schmerzlicher Verlust sein muss, wo Sie doch zu Ihrer Großmutter, Madame Leblanc, ein so tiefes …«

»Monsieur Luban«, unterbrach ich ihn etwas zu laut, »warum war es so wichtig, dass ich herkomme und meine Großmutter sehe?«

Er sah mich entgeistert an.

»Ich meine vor der Beerdigung? Hier? Mir erscheint das …«

»Ungewöhnlich?«, fiel er mir ins Wort und setzte wieder sein mattes Lächeln auf. »Ich weiß, es ist ungewöhnlich, selbst für mich – und ich habe bereits einiges … Ich wollte das nicht am Telefon … Es wäre schwierig … Am besten, Sie machen sich selbst ein Bild.«

»Ist denn irgendetwas Schreckliches …« Jetzt brachte ich meine Sätze selbst nicht mehr zu Ende.

»Nein, keine Sorge, Mademoiselle. Es ist aber wirklich am besten …«, er trat an die Wand hinter ihm und zog einen hellen Taftvorhang beiseite, »… wenn Sie sich selbst ein Bild machen.« Hinter dem Vorhang führte eine Treppe nach unten. »Für gewöhnlich führen wir keine Angehörigen hierher«, sagte Monsieur Luban, und ging hinunter, ohne sich zu mir umzudrehen. »Aber in diesem Fall …«

Ich folgte ihm. Nach ein paar Metern erreichten wir einen roh verputzten Gang, an dessen Ende sich eine Stahltür befand.

»Dort ist es, Mademoiselle. Es tut mir leid, dass ich Ihnen Ihre Frau Großmutter nicht anders präsentieren kann, aber Sie werden gleich verstehen.«

Das Herz schlug mir bis zum Hals.

Er öffnete die Tür, griff zur Wand, ein lautes *Klack* schallte durch den Raum, zwei Leuchtstoffröhren erhellten den gekachelten Raum mit kaltem Licht. In der Mitte stand ein langer Metallrollwagen, verhüllt mit einem flaschengrünen Tuch, dessen Bügelfalten so scharfkantig waren, dass man damit Papier hätte schneiden können. Es roch nach Putzmitteln – irgendetwas Scharfes, Zitroniges. Monsieur Luban trat mit drei langsamen Schritten an den Wagen, ergriff das Tuch, wartete, bis ich neben ihm stand, hob es mit einem Ruck an und faltete es in einer einzigen fließenden Bewegung auf der Brust des Leichnams.

Stille.

Da lag sie. Nicht die Madame Victoria, die ich in Erinnerung hatte, nicht meine Großmutter, sondern eine Greisin, deren Züge ihr vage ähnelten. Der Mund stand halb offen, die Lider waren nicht ganz geschlossen über Augen, matt wie abgewetzte Murmeln. Wie eine dieser Totenmasken, dachte ich, die ich mal im Museum gesehen hatte. Plötzlich verstand ich, warum man von sterblichen Überresten spricht. Madame Victoria war nicht mehr da, ich hatte es mir schon gedacht: Sie war bereits vorgegangen. Wie immer.

»Sehen Sie hier, Mademoiselle«, sagte Monsieur Luban und zog das steife Tuch weiter hinunter.

Ich verstand nicht recht, was ich da sehen sollte. Ich ließ meinen Blick über den faltigen Hals wandern, die pergamentene Haut der Hände.

»Sehen Sie es nicht?« Er deutete mit der ausgebreiteten Hand auf ihre Brust.

Da sah ich es, blasse blaugrüne Linien, eine seltsam krakelige Schreibschrift – sie hatte einen Kugelschreiber benutzt. Ich beugte mich hinunter. Tatsächlich. Sie hatte sich selbst mit Kugelschreiber beschrieben.

»Es ist eine Art Vermächtnis«, sagte Monsieur Luban. Er deutete auf eine Stelle an ihrem linken Oberarm. »Ich lese es Ihnen vor:

›Mein letzter Wille. Ich habe mich entschlossen, mein Testament auf diese Weise festzuhalten, um sicherzustellen, dass es nicht …‹«

Er wandte sich zu mir: »Vieles ist verwischt oder verblasst. Aber mein Sohn Pierre – er ist sehr gründlich – konnte schließlich das meiste entziffern.« Er zog ein gefaltetes Stück Papier aus der Anzugtasche: »›… um sicherzustellen, dass es nicht auf irgendeine Weise verschwindet und meinem Letzten Willen nicht entsprochen wird …‹« Monsieur Luban schaute von seinem Zettel auf. »Hier war einiges nicht lesbar. So in etwa geht es weiter: ›… ich verfüge hiermit, dass zum einen meine Enkeltochter Thaïs Leblanc, wohnhaft in … 50 Prozent meines Hauses und meines gesamten Besitzes erbt … Herrn Frederik Rose (Name im Pass), genannt Papó, vererbe ich die anderen 50 Prozent meines Hauses. Möge dies ein kleiner Beitrag sein, meine Versäumnisse und Fehler wiedergutzumachen. Und dem Zirkus in dieser Welt den Platz einzuräumen, der ihm gebührt. Lang lebe der Zirkus! Lang lebe mein geliebtes Enkelkind! Victoria Leblanc, Montpellier, 14. Juni 1978.‹«

Monsieur Luban grinste mich an, als hätte er gerade die Eine-Million-Franc-Preisfrage gelöst, und breitete das grüne Tuch wieder über dem Leichnam aus.

Die Formulierung »geliebtes Enkelkind« war neu für mich. Ich biss mir auf die Lippe. Unter mir schien der Boden zu schwanken.

»Ist Ihnen nicht gut, Mademoiselle Leblanc?«

»Haben Sie vielleicht etwas zu trinken? Ich meine kein Wasser.«

»Aber ja, Mademoiselle. Oben in meinem Büro.« Er ging zur Tür.

»Darf ich noch hier …«, rief ich ihm hinterher, »einen Augenblick …?«

»Aber selbstverständlich.«

Vorsichtig zog ich das Tuch beiseite, nahm die kalte Hand und wollte etwas sagen. Mein Hirn brachte keine ganzen Sätze zustande, nur einzelne Wörter geisterten darin herum: Abschied. Leere. Frieden. Unendlichkeit. Einsamkeit. Auch das Wort Liebe kam mir kurz in den Sinn. Aber ich konnte das damit verbundene Gefühl nicht abrufen. Nicht hier. Nicht vor diesem vollgeklierten Körper.

Ich versuchte mir vorzustellen, wie sie auf der Bettkante saß, den Kugelschreiber in der einen Hand, das

Wodkaglas in der anderen, wie sie mit glasigen Augen ihre Brust beschrieb, fest davon überzeugt, das Richtige zu tun, weil der Wodka sie das immer glauben ließ.

Ich gab ihr einen Kuss auf die Stirn. Es fühlte sich an wie kaltes Wachs. Vorsichtig zog ich das Tuch über ihr Gesicht und verließ den Raum, ohne mich noch einmal umzublicken.

Das Büro von Monsieur Luban lag oben, gegenüber dem Treppenaufgang, das gelbe Licht einer Schreibtischleuchte wies mir den Weg. Als ich eintrat, sah ich, dass eine Wand aufgeschlagen war und überall blaue Plastikplane lag. Nur ein grauer Aktenschrank war nicht abgedeckt, aus dem Monsieur Luban gerade zwei Wassergläser hervorkramte. Über die Schulter rief er mir zu: »Einen Augenblick, Mademoiselle. Ich bin gleich bei Ihnen!« Als er eine Flasche ohne Etikett auf den Schreibtisch stellte, wirbelte er eine kleine Wolke grauen Baustaubs auf. Unter einer Plastikplane entdeckte ich einen Bürosessel und ließ mich wortlos darauf fallen.

Monsieur Luban drückte mir ein Glas in die Hand. »Birnenschnaps, selbst gebrannt, von meinem Schwager. Haben Sie schon etwas gegessen? Ich habe von heute Mittag noch ein hartgekochtes Ei übrig. Möchten Sie?«

»Gern«, hörte ich mich sagen.

Erst jetzt fiel mir auf, dass ich den ganzen Tag nichts gegessen hatte. Prompt gab mein Magen eindeutige Geräusche von sich.

Monsieur Luban griff in seine Aktentasche und reichte mir eine giftgrüne Plastikdose. »Ihre Großmutter war eine ungewöhnliche Frau, einzigartig, könnte man sagen.« Er hob sein Glas. »Auf Ihre Frau Großmutter!«

»Auf die unvergleichliche Madame Victoria«, sagte ich ohne jede Euphorie. Dann kippten wir den Birnenschnaps runter, ich zumindest die Hälfte meines Glases. Ich schüttelte mich ausgiebig, öffnete die Brotdose und klopfte das Ei am Rand auf.

Monsieur Luban machte es sich auf seinem Schreibtischstuhl bequem. »Eines Tages werde ich ein Buch schreiben, mit all diesen unglaublichen Geschichten.« Er schenkte sich noch einmal ein. »Und Ihre Großmutter wird gleich auf der zweiten Seite Erwähnung finden …«

Wahrscheinlich hätte ich nachfragen sollen, was auf der ersten Seite Erwähnung finden würde, aber für den Moment war mein Bedarf an Exzentrik gedeckt. Stattdessen nahm ich einen weiteren Schluck aus meinem Glas.

»Ich erinnere mich noch genau daran, wie sie hier durch die Tür kam. Das war ein Auftritt, sage ich Ihnen.«

Ich wartete auf eine Gelegenheit, unbeobachtet in das Ei hineinbeißen zu können.

»Sie trug einen langen Wollmantel, kamelhaarfarben, wenn ich mich recht entsinne. Darunter ein weißes Paillettenkleid mit aufgenähten …«

»… Strasssternen.«

»Richtig, Mademoiselle, Strasssterne, und im Haar hatte sie …«

»Ihr Kostüm, es war ihr Zirkuskostüm. Sie wissen doch: Madame Victoria, die Unvergleichliche!«

Ich klang betrunken, obwohl ich erst ein Glas intus hatte. Er warf mir einen fragenden Blick zu.

»Alles bestens«, sagte ich schnell. »Trinken wir auf die unvergleichliche Madame Victoria!«

»Ja«, erwiderte er etwas zögerlich, »auf Ihre Großmutter!«

Was für eine Ironie. Solange Victoria lebte, hatte ich nie auch nur ein Glas mit ihr getrunken. Ich hasste die Wirkung, die der Alkohol auf sie hatte, erst war sie fröhlich und amüsant, dann aber, schlagartig, verletzend und gemein. Und jetzt betrank ich mich hier, mit ihrem Bestatter. Ich gluckste auf einmal vor Lachen, worauf Monsieur Luban mich erneut skeptisch musterte. Ich hob die Hand, um ihm zu zeigen, dass er sich keine Sorgen zu machen brauchte. »Alles in Ordnung. Alles in bester Ordnung.«

Er füllte noch einmal sein Glas, meins aber nicht. »Ihre Großmutter hat mir damals eine dieser kleinen Wegwerfkameras gegeben. ›Fotografieren Sie mich!‹, hat sie gesagt. Und, stellen Sie sich vor, das Kleingeld für die Filmentwicklung und die Abzüge hatte sie abgezählt dabei. Sie holte eine weiße Reitgerte hervor und schmiss sich in Pose, gleich hier, in meinem Büro. Alles sollte ich fotografieren: Schmuck, Make-up … Ich verstand nicht, wofür das gut sein sollte, bis Ihre Großmutter mich anfuhr: ›Herrgott, begreifen Sie denn nicht? Die Aufnahmen machen wir für Sie! Damit Sie wissen, in welchem Aufzug Sie mich unter die Erde zu bringen haben!‹« Er hatte Victorias Befehlston ziemlich gut getroffen. Jetzt sprang er auf, stemmte die Arme in die Hüfte, schmiss den Kopf nach hinten und rief mit heller Stimme: »›Und unterstehen Sie sich, mich schlecht zu schminken! Ich will nicht als Dorfhure zu Grabe getragen werden!‹«

Wir lachten beide, erst verhalten, dann konnten wir uns kaum noch halten. Vielleicht lag es am Schnaps, vielleicht auch daran, dass ich immer noch nichts gegessen hatte oder dass heute mein Geburtstag war oder an Victoria, oder einfach an allem. Mir liefen die Tränen die Wangen herab. So ein Todesfall, dachte ich, bringt einen – was die Lebenserfahrung angeht – wirklich weiter.

»Wo wir gerade dabei sind, könnten Sie mir die Sachen Ihrer Großmutter vorbeibringen, Mademoiselle? Mein Sohn ist in Marseille, sonst würde ich Sie nicht bemühen.«

»Sie meinen ihr Kostüm? Bring ich Ihnen vorbei, kein Problem.«

»Und vielleicht auch den Schmuck. Ich gebe Ihnen die Abzüge mit.« Er stand auf und holte eine Hängeregistratur aus dem grauen Aktenschrank. »Hier sind sie – bei mir geht nichts verloren!«

Die Bilder zeigten meine Großmutter in wohlvertrauten Posen. Monsieur Luban nickte begeistert. Er sah auf den Bildern eine großartige Frau voller Kraft und Anmut – ich sah nur meine aufgetakelte Großmutter, die einen im Tee hatte und sich selbst eine Haltung aufzuzwingen versuchte, die sie Grandezza genannt hätte. Ich hätte gern geheult, aber ich konnte nicht.

Monsieur Luban spürte den Stimmungsumschwung. Er setzte wieder sein Dienstlächeln auf. »Dürfte ich Ihnen noch eine weitere Frage stellen?«

Lustlos nickte ich.

»An wen dürfen wir die Trauerkarten senden? Ihre Großmutter hat uns über das frühe Ableben Ihrer Mutter informiert. Aber was ist mit Ihrem Vater?«

»Ich bin die letzte Leblanc. Alle tot. Mausetot.«

Monsieur Luban legte die Stirn in Falten: »Ich muss den Zirkusleuten schreiben. Sie einzuladen war der ausdrückliche Wunsch Ihrer Großmutter. Die Kosten der Bestattung hat sie bereits im Vorfeld beglichen, weil sie, wie sie sagte, selbst bestimmen wollte, wer zu ihrer Beerdigung kommt.«

»Alles ist schon bezahlt?«

»Richtig, Mademoiselle. Es sei denn, Sie haben noch Wünsche.«

»Wirklich vorausschauend«, sagte ich. Etwas Intelligenteres fiel mir nicht ein.

»Wenn ich noch einmal auf Ihren verstorbenen Herrn Vater zu sprechen kommen darf. Gibt es väterlicherseits noch Verwandtschaft, die informiert werden …«

»Keine Verwandtschaft«, sagte ich. »Nichts, ein schwarzes Loch in der Familienchronik – ich weiß nichts über meinen Vater.«

Monsieur Luban rutschte unbehaglich auf seinem Bürostuhl herum. »Bitte entschuldigen Sie, ich hatte ja keine Ahnung, welche Schmerzen …«

»Schmerzen?«, unterbrach ich ihn. »Keine Schmerzen, Monsieur … Leere, einfach nur Leere.« Eben noch gut gelaunt und plötzlich am Boden zerstört – ganz die Großmutter, dachte ich.

»Einen letzten Punkt habe ich noch«, sagte Monsieur Luban und lächelte mich dabei bemüht aufmunternd an. »Es geht um die Musik bei der Trauerfeier. Ihre Großmutter wollte, dass diese Zirkusleute Musik machen, und ich hoffe doch sehr, dass mehr als nur ein langgezogener Trommelwirbel zu hören sein wird.«

Ich lachte brav. Meine Großmutter hatte sich, seit sie nicht mehr mit dem Zirkus umherzog, wahrlich nicht viele Freunde gemacht, aber, halleluja, dem Bestatter hatte sie es angetan. Ich stellte das leere Glas ab und blickte auf die Uhr. »Noch zwanzig Minuten.«

»Wie bitte, Mademoiselle?«

»Noch zwanzig Minuten, dann ist mein Geburtstag vorbei.«

Monsieur Luban griff nach meiner Hand, an der noch Eierschale klebte, und schüttelte sie. »Ich hatte ja keine Ahnung, Mademoiselle Leblanc …«

»Lassen Sie uns also ein letztes Mal die Gläser erheben«, sagte ich und streckte ihm mein Glas entgegen.

Er goss beide Gläser randvoll und erhob sich: »Herzlichen Glückwunsch, Mademoiselle! Möge die Grandezza Ihrer Großmutter in Ihnen fortleben.«

Ich stemmte mich aus dem Sessel hoch und stieß mit ihm an, wobei reichlich Schnaps auf die Plastikplane platschte. Monsieur Luban schaute mich erwartungsvoll an.

Ich schwankte und machte einen Schritt auf ihn zu: »Ich glaube, ich nehme wohl besser ein Taxi.«

3

DAS VERMÄCHTNIS

Ich verbrachte die Nacht in der Pension Flaubert, die ihren Namen nicht, wie ich annahm, dem großen französischen Schriftsteller verdankte, sondern ihrer Besitzerin, Emilie Flaubert, einer kettenrauchenden Endfünfzigerin mit einer Vorliebe für Mentholzigaretten – was man schon im Eingangsbereich roch –, die es mit der Reinlichkeit nicht so genau nahm – was ich beim Zähneputzen bemerkte, als mir Silberfische um die Füße herumflitzten. Endlich im Bett, hoffte ich inständig, dass ich mir das Zimmer nicht noch mit weiteren Lebewesen teilen müsste. Eine Sorge, die mir eine unruhige Nacht bescherte.

Vielleicht war ich auch deshalb am nächsten Morgen die Erste an der Rezeption. Ich versuchte, Madame Flaubert verständlich zu machen, dass ich keine weitere Nacht dafür zahlen wollte, die Brandlöcher in der

Bettdecke zu zählen. Sie quittierte meine Beschwerde mit einem sehr langen Blick auf ihre gelben Fingerspitzen. Gebucht sei gebucht, meinte sie knapp und widmete sich wieder ihrem Kreuzworträtsel. Ich zeterte noch eine Weile, zahlte aber letztlich entnervt die gebuchten drei Nächte und verließ laut fluchend Madame Flauberts gastliches Haus.

Nachdem ich meinen Wagen beim Bestattungsinstitut abgeholt hatte, fuhr ich mit offenem Verdeck durch Arles. In einer Apotheke kaufte ich mir eine Packung Aspirin, im Supermarkt eine Flasche Mineralwasser und eine Packung Zigaretten. Ich fühlte mich sicherer mit Notfall-Zigaretten im Handgepäck. Um meine Laune zu heben, fuhr ich eine lange, besonders schöne Platanenallee fünfmal rauf und runter, drehte das Radio auf und sang alles mit – sehr laut und sehr falsch –, in der festen Absicht, nicht an Tod, Trauer, Einsamkeit oder Erbschaften zu denken. Nach einer halben Stunde fühlte ich mich gewappnet für den ersten offiziellen Termin des Tages.

Die Kanzlei Hublot lag im ersten Stock eines aufwendig renovierten Altbaus. Eine der beiden Empfangssekretärinnen führte mich zum Besprechungszimmer, vorbei an langen Reihen von in Leder gebundenen Gesetzestexten, manierlich gerahmten Stichen und indirekt beleuchteten Wandteppichen. Wir betraten eine Art Salon. Es roch nach Möbelwachs, wahrscheinlich war der edle Mahagonitisch gerade poliert worden. In der Mitte des Tisches stand ein Porzellanteller mit Plätzchen, stramm unter Frischhaltefolie gespannt.

Als ich gerade dabei war, eines davon zu befreien, riss ein zackiger kleiner Mann die Tür auf und rannte mit ausgestreckten Armen auf mich zu. »Rechtsanwalt Bac, Maurice Bac, ich bin Partner dieser Sozietät. Bitte setzen Sie sich, Mademoiselle.«

Er knallte zwei Heftmappen auf den Tisch, zog sich einen Stuhl heran und zückte einen goldenen Kugelschreiber. Ich setzte mich ebenfalls und versuchte unbemerkt den trockenen Keks in den Mund zu schieben. Mit ausladender Geste knipste er die Mine des Kugelschreibers hervor.

»Fangen wir mit dem sogenannten Testament an, Mademoiselle. Sie müssen sich keine Sorgen machen, nach gültiger Rechtsauffassung handelt es sich bei diesen – wie soll ich sagen? – Aufzeichnungen, also, handelt es sich bei diesen Aufzeichnungen nicht um ein Testament, weil sie eine wesentliche Bedingung nicht erfüllen.«

Ich hatte den Keks in den Mund gebracht. »Welche«, fragte ich undeutlich, »welche Bedingung?«

»Nun ja, ein Testament muss tatsächlich vorliegen, also, in diesem Falle kann man ganz und gar nicht von vorliegen …«

»Was meinen Sie mit ›vorliegen‹?«

»Es muss zugänglich sein, verstehen Sie? Also, wenn jemand beispielsweise nachträglich das Testament anzweifelt, muss es einsehbar sein – von Gesetzes wegen. Wir können schwerlich jedes Mal den Leichnam Ihrer Großmutter exhumieren – nur um noch mal nachzulesen.« Er grinste breit und erwartete offensichtlich das Gleiche von mir.

»Und eine Abschrift reicht nicht?«

»Nur wenn die Abschrift in vollem Umfang die Ansprüche erfüllt, die an ein Testament gestellt werden.« Er lehnte sich wieder zurück und begann zu dozieren: »Das heißt, de jure einem Testament gleichrangig ist. Wenn die Abschrift also bei einem Notar oder durch einen Notar erfolgt ist. Würde das zutreffen, ja, dann wäre sie bindend. Wenn nicht? Dann wäre sie kein Testament und damit nichtig – und das ist hier der Fall. Allein die Unleserlichkeit so vieler Passagen und die damit verbundenen Mutmaßungen über den Inhalt würden die Abschrift im höchsten Maße anfechtbar machen.« Er grinste triumphierend. »Gute Nachrichten also, Mademoiselle. Sie brauchen sich nicht mit zweifelhaften Miterben herumzuärgern. Es greift die gesetzliche Erbregelung. Das heißt, Sie sind Alleinerbin. Basta.«

Um seine Aussage zu unterstreichen, schlug er den Aktendeckel zu. Sein Grinsen war so angespannt, dass ich fürchtete, es würde jeden Moment sein Gesicht zerreißen. Ich sagte erst einmal nichts.

»Da muss Ihnen doch ein Stein vom Herzen fallen?«

»Ich weiß nicht, Monsieur Bac, ich kann doch nicht

einfach über den letzten Willen meiner Großmutter hinweggehen? Wegen einer Formalie?«

»Mademoiselle«, sagte er schneidend, »das ist keine Formalie, das nennt man Gesetz. Als Nachlassverwalter vertrete ich nicht nur die Interessen Ihrer Großmutter – ich vertrete auch das Recht. Am Ende ist es Ihre Entscheidung, was Sie mit dem Erbe anstellen. Ich kann Ihnen nur sagen, was rechtens ist und was nicht. Wenn Sie diesen Leuten den halben Besitz Ihrer Großmutter zusprechen wollen, nur zu! Aber dann müssen Sie das rechtlich wie eine Schenkung handhaben. Sie können sich dabei nicht auf ein Testament berufen, das keine Rechtsgültigkeit besitzt. Bedenken Sie das bitte.« Er steckte den goldenen Kugelschreiber in seine Brusttasche. »Darf ich Sie noch etwas Persönliches fragen?«

»Ja, bitte.«

»Kennen Sie diese Leute?«

Ich schüttelte den Kopf. »Ich habe keine Ahnung, um wen es sich handelt. Meine Großmutter war früher selbst beim Zirkus, ihr Verhältnis zu Zirkusleuten war schon immer ein besonderes.«

»Sie wissen vielleicht, dass es um die Gesundheit Ihrer Großmutter nicht zum Besten bestellt war. Und ich spreche nicht von körperlichen Leiden …« Er tippte sich mit dem Zeigefinger an die Stirn. »Ich kann also nur hoffen, dass diese Leute ihre bedauernswerte Situation nicht in irgendeiner Form ausgenutzt haben …«

»Ich glaube nicht, dass sich meine Großmutter ausnutzen ließ. Und viel zu holen war auch nicht bei ihr.«

»Keine Reichtümer, fürwahr, das Haus ist bescheiden, aber reizvoll genug für Leute, die gar nichts haben.«

»Kennen Sie diese Zirkusleute?«

»Nein, und mein Verlangen danach hält sich auch in Grenzen.« Er räusperte sich. »Mademoiselle Leblanc, ich übergebe Ihnen nun gegen Quittung die Hausschlüssel. Beachten Sie bitte, dass dies noch keine offizielle Übergabe des Hauses ist. Erst wenn das Nachlassgericht die notwendigen Papiere ausgestellt hat, können wir die Übertragungsdokumente aufsetzen. Das wird einige Tage in Anspruch nehmen. Sie verstehen?«

Ich nickte. Er schüttete einen großen braunen Umschlag auf dem Tisch aus. Scheppernd landete ein dicker Schlüsselbund auf der glänzenden Platte.

»Falls Sie daran denken, das Haus zu veräußern, empfehlen wir Ihnen gern einige Makler hier in der Gegend. Und dann gebe ich Ihnen jetzt noch die Adresse einer ehemaligen Nachbarin Ihrer Großmutter. Welches Verhältnis diese Frau zu Ihrer Großmutter hatte, entzieht sich meiner Kenntnis. Sie scheint Ihrer Großmutter zur Hand gegangen zu sein: Einkäufe und Ähnliches. Madame Raphael möchte Ihnen noch einige persönliche Dinge Ihrer Großmutter geben.« Er überreichte mir einen gelben Zettel. »Und wenn Sie hier bitte unterschreiben: die Quittung für die Hausschlüssel. Wenn Sie dann noch so freundlich wären, mich bezüglich Ihrer Entscheidung über die Erbschaft respektive Schenkung zu informieren. Wegen der Papiere, Sie verstehen?« Beim Wort Schenkung verzog er das Gesicht, als würde gerade direkt vor ihm ein Fäkalientank leer gepumpt.

Ein paar Minuten später saß ich wieder in meinem Wagen. Ich entschied mich, erst Madame Raphael zu besuchen. Auf der Fahrt blickte ich immer wieder auf den Schlüsselbund neben mir. Das Haus meiner Großmutter. Seit fast einem Jahr war ich nicht mehr dort gewesen.

Gleich nach meinem achtzehnten Geburtstag hatte ich sie verlassen, und ein Jahr später hatte sie selbst dem Zirkus den Rücken gekehrt und war nach Arles gezogen. Zunächst besuchte ich sie alle paar Monate, dann waren die Abstände größer geworden. Vielleicht, weil sie immer mehr trank. Irgendwann telefonierten wir nur noch, und das sehr selten. Von ihrer Krankheit hatte ich erst erfahren, als sie bereits gestorben war.

Plötzlich war er da, dieser Satz: *Als sie mich brauchte, war ich nicht für sie da.* Ich trat aufs Gaspedal, um der Wahrheit davonzufahren, aber es half nichts. Ich schaltete das Radio an, Edith Piaf sang *Non, je ne regrette rien.* Ich wünschte, ich hätte das auch von mir behaupten können. Eine einzelne Träne lief mir die Wange herab.

Madame Raphael wohnte etwas außerhalb. Das mehrstöckige Haus mit der Nummer 24 schien seit geraumer Zeit sich selbst überlassen zu sein: Einen neuen Anstrich hatte es schon lang nicht mehr gegeben, die Fenster machten einen wackligen Eindruck, abgefallene Klingelschilder waren einfach überklebt überworden, oder man hatte die Namen direkt auf die Wand geschrieben. Der Name Raphael war nicht dabei. Wahllos drückte ich ein paar Klingelknöpfe. In der Gegensprechanlage knackte es. Ich fragte nach Madame Raphael.

»Hinten, im Garten«, rief eine entnervte Stimme.

Ich ging vorbei an einem ausrangierten Kühlschrank ohne Tür und alten Autoreifen. Hinter dem Haus wucherten kniehoch Gras und Unkraut. Eine magentafarbene Wäscheleine, auf der ein paar Bettlaken müde im Wind schaukelten, verband zwei niedrige Kirschbäume miteinander.

»Madame Raphael? Hallo?«

Als ich eines der Bettlaken beiseiteschob, sah ich ihn: den alten Wohnwagen meiner Großmutter. Er stand vor einer moosbewachsenen Mauer, aufgebockt auf gestapelten Mauersteinen. Die Tür- und Fensterrahmen waren mit silbrig glänzendem Montageband verklebt, die Farbe großflächig abgeblättert.

Eine drahtige ältere Frau trat schwungvoll hinter dem Wagen hervor: »Sie wünschen?«

»Ich bin Thaïs Leblanc, die Enkelin von Victoria Leblanc.« Zärtlich strich ich über die Außenwand des Wagens.

Sie kniff die Augen zusammen. »Thaïs!«, rief sie, als würde sie mich erkennen. »Was für eine Freude, dass ich Sie nun auch einmal kennenlerne.«

Ich lächelte verlegen.

»Darf ich Ihnen etwas anbieten? Es ist noch warmer Kaffee da.«

»Gern«, sagte ich. »Schön, dass Sie jetzt den Wagen bewohnen.«

»Gott bewahre. Ich wohne doch nicht da drin. Kommen Sie. Ich zeig Ihnen was.«

Ein paar ausgediente Bierkisten waren zu Stufen gestapelt. Die alte Aufteilung war herausgerissen, stattdessen schienen direkt aus dem Holz Blumen zu wachsen: Frauenschuh, Geranien, blassgelber Klee, Schmetterlingsflieder, Trompetenblumen, Hyazinthen, Königskerzen. Je nachdem, wo man stand, duftete es süß und schwer oder würzig nach Kräutern: marokkanische Minze, griechischer Oregano, römischer Ampfer, dalmatinischer Salbei und zitroniges Bohnenkraut. An den Wandschränken fehlten die Türen, Ranken wuchsen aus ihrem Inneren hervor und breiteten sich über die ganze Decke aus. Der Boden war mit Blumenerde übersät. Wir stiegen über leere Töpfe und Gießkannen.

»Ich nenne es mein Refugium«, sagte Frau Madame Raphael stolz. »Meine Wohnung ist recht klein, ohne Balkon. Deshalb verbringe ich die meiste Zeit hier.«

»Schön, dass der Wagen eine neue Bestimmung gefunden hat.«

»Setzen Sie sich doch.«

Madame Raphael schob mir einen Hocker hin. Wir nahmen an der Stirnseite Platz, am großen Doppelfenster. Die Sitzbank unter dem Fenster war verschwunden, stattdessen stand dort eine lange Sperrholzkiste, die mit roten Gladiolen bepflanzt war.

»Hatte ich Ihnen nicht Kaffee versprochen?« Lachend holte sie einen Becher und eine Thermoskanne aus einer Plastikwanne. »Wir hatten früher einen Blumenladen, mein verstorbener Mann und ich. Als Ihre Großmutter hierherzog, wurde sie bald unsere Kundin. Sie ist mir gleich aufgefallen. Weniger ihre Erscheinung, mehr ihre Blumenauswahl. Sehr eigen, wissen Sie? Milch, Zucker?«

»Danke, etwas Milch.«

»Ihre Großmutter hat viel über Sie geredet. Nur Gutes. Dass Sie ein sehr artiges Kind waren, sehr gut reiten konnten, aber tragischerweise die Liebe der Pferde nicht erwidert haben.«

Sie lächelte viel, ein Wesenszug, der mir eigentlich gegen den Strich ging, bei ihr aber vollkommen echt wirkte – nicht nur die Blumen schienen hier aufzublühen.

Dann fiel mir der Anwalt wieder ein. »Dieser

Rechtsanwalt, Monsieur Bac, er meinte, Sie hätten etwas für mich.«

Madame Raphael nickte. »Ganz richtig. Madame Leblanc hat mir etwas für Sie gegeben.« Sie stieg die Bierkisten hinunter. »Einen Augenblick bitte.«

Wenn es um Geschenke ging, war meine Großmutter noch unberechenbarer als in allen anderen Dingen. Einmal schenkte sie mir, ohne dass es einen besonderen Anlass gab, ein Shetlandpony. (Das sich später als beißendes Monster entpuppte.) Im selben Jahr brachte sie es fertig, mir zu Weihnachten bloß ein Paar grober Wollstrümpfe und eine Schachtel Schokoladenkonfekt zu schenken. Das Einzige, was ich wirklich gern aus Victorias Besitz gehabt hätte, war ihre Lieblingsgerte, eine Sonderanfertigung aus weißem Leder, mit der ich früher meine Stofftiere und Puppen auf Trab gebracht hatte.

Die Bierkisten quietschten. Madame Raphael war zurück. Unter dem Arm hatte sie ein flaches Paket, eingeschlagen in Wachspapier. Sie überreichte es mir mit ernster Miene. Unter dem Papier bog sich ein steifer Karton. Mit einem Blumenmesser durchschnitt ich das Packband und zog einen kartonierten Umschlag hervor, der einem Stempelaufdruck trug: Fotolabor Leclerc. Im Umschlag lag eine Schwarzweißfotografie. Ein Pferd war darauf zu sehen, ein Mann hielt es am Zügel. Ein gutaussehender junger Kerl, der stolz in die Kamera lachte. Seine schwarze Locken glänzten in der Sonne, weiße Zähne strahlten in seinem gebräunten

Gesicht. Obwohl ich sicher war, das Bild noch nie gesehen zu haben, kam es mir doch seltsam vertraut vor. Auf der Satteldecke war ein Name eingestickt, ganz klein: Baro.

Fragend blickte ich Madame Raphael an.

»Ich soll ... ich soll Ihnen sagen, dass dieses Bild ... Es ist ein Bild Ihres verstorbenen Vaters.« Sie streichelte meine Hand, wie man das sonst bei Kranken tut.

»Mein Vater?«

»Ja, aber mehr kann ich Ihnen auch nicht sagen. Ihre Großmutter meinte nur: ›Richten Sie meiner Enkeltochter aus, dass dieses Bild ihren Vater zeigt.‹«

»Und sonst hat sie nichts dazu gesagt?«

»Nur, dass Sie ein Recht hätten, dieses Bild zu sehen. Und dass Sie am Ende alles verstehen werden. Ich hatte den Eindruck, dass dieses Foto eine schwere Last für Ihre Großmutter bedeutete und sie erleichtert war, als sie es mir gegeben hatte.«

Ich schüttelte den Kopf wie eine alte Frau, der man zu schnell eine reichlich komplizierte Geschichte erzählt hat. »Ich habe immer geglaubt, dass niemand meinen Vater gekannt hat. Dass die Schwangerschaft meiner Mutter ein Fehltritt war. Zumindest habe ich mir das so zusammengereimt, aus dem, was meine Großmutter erzählt hat, oder besser: aus dem, was sie *nicht* erzählt hat. Sie hat mir anscheinend verdammt viel nicht erzählt.«

»Ihre Großmutter hat mich nicht in Ihre Familiengeschichte eingeweiht. Ich bin eine alte Frau, und ich versichere Ihnen, jede Familie hat ihre Geheimnisse – und die meisten sind schmerzlich. Auch in meiner Familie gibt es solche Geheimnisse, und ich wäre froh, wenn ich sie nicht mit ins Grab nehmen müsste. Aber ich habe niemanden, dem ich sie anvertrauen könnte.« Sie sah mich an. »Ihre Großmutter hatte nicht die Kraft, es Ihnen selbst zu sagen. Und sie wusste, dass ich keine Fragen stellen würde, deshalb bat sie mich, Ihnen dieses Bild zu geben.«

Ich betrachtete den Mann auf dem Foto. Er hatte etwas Keckes. Vielleicht war es das selbstbewusste Grinsen, vielleicht war es die eine Locke, die ihm ins Gesicht gefallen war, was ihn nicht weiter zu stören schien. Keine Ahnung. Im Hintergrund waren Zirkuswagen zu sehen. War er auch ein Pferdedresseur? Wie Mutter und Großmutter? Ich ließ die Fotografie sinken. Was immer er beim Zirkus getan haben mochte, irgendetwas musste passiert sein, dass man mir dieses Bild vierundzwanzig Jahre vorenthalten hatte. Ich schob es zurück in den Umschlag.

Am Ende würde ich alles verstehen, hatte Victoria gesagt. Am Ende würde ich alles verstehen?

Mag sein, dachte ich. Noch verstand ich gar nichts.

4

DAS GEISTERHAUS

Nach der Begegnung mit den Silberfischen der Madame Flaubert gönnte ich mir eine Nacht in einem richtigen Hotel. Ich hatte mir das Grand Hotel Nord Pinus ausgesucht, ein elegantes Hotel, direkt an dem Platz gelegen, wo Vincent van Gogh seinen Kaffee trank (was ich aus der Hotelbroschüre erfuhr).

Madame Raphael hatte meine Entscheidung, ins Hotel zu gehen, nicht gutgeheißen. Das sei rausgeschmissenes Geld. »Sie können doch im Haus Ihrer Großmutter übernachten«, sagte sie mit hochgezogenen Augenbrauen. Aber ich wollte ein paar Stunden für mich haben, ohne allgegenwärtige Erinnerungen an die Vergangenheit. Wir könnten ja am nächsten Tag gemeinsam dorthin fahren, schlug ich vor – und schließlich willigte sie ein. Zum Abschied drückte sie mir eine verbeulte Keksdose in die Hand. »Hühnersalat à la Marocaine«, sagte sie stolz. Ich starrte auf die Dose, die mit zwei Weckgummis gesichert war, und lobte ihren ausgeprägten Sinn für Sicherheit, worüber wir beide herzlich lachen mussten.

Im Hotel nahm ich eines der günstigen Mansardenzimmer zur Seitenstraße. Auf dem Weg zum Lift machte ich einen Abstecher an die Bar, um mir ein Glas kalten Sancerre zu holen. Ein älterer Herr, der mit mir nach oben fuhr, fragte: »Urlaub?« Ich nickte. Für heute stimmte das sogar.

Mein Zimmer mit dem gestreiften Himmelbett war so romantisch, dass es weh tat, hier allein zu schlafen. Ich setzte mich auf die Bettkante, nahm einen Schluck Wein und dachte an Daniel, nahm noch einen Schluck und wartete darauf, dass mir der Alkohol zu Kopfe stieg. Durch das geöffnete Fenster drangen die Geräusche der Stadt herein: das Knattern der Mopeds, kichernde Mädchen, bellende Hunde, plärrende Radios, Geschirrklappern aus der Dachgeschosswohnung gegenüber.

Es war an der Zeit, Daniel anzurufen. Er hatte bestimmt schon gestern meinen Anruf erwartet, aber mir war immer noch nicht nach Reden zumute, und außerdem meldete sich mein Magen lautstark. Ich entschied mich also gegen Daniel und für den Hühnersalat von Madame Raphael. Nachdem ich das schwarze Kleid von Isabella zum Lüften an die Gardinenstange gehängt hatte, aß ich, nur in Unterwäsche, am offenen Fenster den Salat, trank den letzten

Schluck Wein und streckte mich dann auf dem Bett aus, das zart nach *Geheimnis der Provence* (an der Rezeption in kleinen Leinensäckchen erhältlich) roch. Bevor ich nur einen weiteren Gedanken fassen konnte, war ich eingeschlafen.

Am nächsten Morgen stand ich um sechs Uhr auf und schlenderte durch die erwachende Stadt. Im ersten Supermarkt kaufte ich mir einen Obstsalat, lief weiter durch die Gassen, landete irgendwann in dem gut erhaltenen Amphitheater aus der Römerzeit, wo ich, während Fremdenführer amerikanische Touristengruppen herumführten, meine Früchte aß und in die Sonne blinzelte. Das gab mir neuen Schwung und das Gefühl, jung und unbezwingbar zu sein. In der nächsten Telefonzelle wollte ich Daniel anrufen – auch wenn es viel zu früh für ihn war – und mit ihm Pläne schmieden, was wir nach meiner Rückkehr alles anstellen würden.

Aber ich kam an keiner Telefonzelle vorbei. Daniel musste sich also noch gedulden. Dauergrinsend lief ich zurück zum Hotel und fuhr dann mit offenem Verdeck zu Madame Raphael. Fast auf die Minute genau um elf bog ich in ihre Straße ein. Sie wartete schon draußen. Überschwänglich winkte ich ihr zu, wie ein kleines Mädchen, das von seinem ersten Schulausflug nach Hause kommt.

»Schön, dass Sie pünktlich sind«, sagte Madame Raphael lächelnd. Sie hatte einen Stoffbeutel in der Hand. »Eine Notration – falls Sie heute im Haus Ihrer

Großmutter bleiben. Ein paar Lebensmittel. Milch, Eier, Butter …«

Ich fragte, was ich ihr schuldig sei, aber sie wollte kein Geld von mir annehmen.

»Ich zeige Ihnen den Weg«, sagte sie, als wir losfuhren, und dirigierte mich dann mit so detaillierten Anweisungen durch die Straßen, als wäre ich blind – hätte nur noch gefehlt, dass sie mir den exakten Abstand vorgab, den ich zum Bordstein zu halten hatte. Eine halbe Stunde später kamen wir an.

Der Makler hatte Victoria das schmale Haus mit den Worten schmackhaft gemacht, es würde sich dabei um ein »schlankes Tortenstück« handeln. Sie hatte sich von dem albernen Reklamespruch beeindrucken lassen und selbst bald nur noch von ihrem Tortenstück geredet. Aber appetitlich war diese Torte schon lange nicht mehr: Der strahlend gelbe Anstrich war verblasst und hatte einen schmutzigen Schwefelton angenommen, die Fensterläden hingen schief herab, als würde das Haus neidisch auf den Garten blicken, dem offensichtlich mehr Aufmerksamkeit geschenkt worden war. Die schmalen Blumenrabatten waren akkurat gepflegt, der Kiesweg sauber geharkt, die Bäume beschnitten.

»Sie haben sich um den Garten gekümmert, richtig?«, fragte ich Madame Raphael.

»Leider konnte ich das Haus selbst nicht in Schuss halten, Sie verstehen, die fehlenden finanziellen Mittel. Seit Ihre Großmutter tot ist, war ich nicht mehr im Haus.«

Ich schloss die Eingangstür auf. Abgestandene Luft empfing uns.

»Ich werde gleich mal ein Fenster öffnen«, sagte Madame Raphael und bog in die Küche ab. Ich blieb in der dunklen Halle zurück. Die Tür zum Wohnzimmer war einen Spalt geöffnet, durch den sich ein schmales Lichtband quer durch den Raum ergoss; Staubkörner tanzten weiß leuchtend darin. Die anderen Türen zur Küche, dem Gästebad und der Kellertreppe waren verschlossen. Die steile Treppe nach oben lag im Dunkeln. Es herrschte beklemmende Stille. Victoria hasste es, wenn es so ruhig war.

»Ich habe dieses Haus noch nie so ruhig erlebt«, rief ich Richtung Küche. Keine Antwort. Madame Raphael schien mich nicht zu hören.

Ich ging ins Wohnzimmer. Hier hatte Victoria ihre Gäste empfangen. Anfangs noch Kollegen vom Zirkus, deren Besuche aber im Laufe der Zeit spärlicher wurden und irgendwann ganz ausblieben. Daraufhin nutzte sie jeden Vorwand, den sie finden konnte, um mit irgendwelchen Leuten Wodka zu trinken. Der Mann vom Elektrizitätswerk, der zum Stromablesen kam, musste ebenso mit ihr anstoßen wie der junge Kerl, der ihr die Zeitung brachte. Bis er eines Tages – nach einem Besuch bei Victoria – vom Fahrrad stürzte und sich das Schlüsselbein brach. Danach betrat er nie wieder ihr Haus.

Auf der Anrichte stand noch immer eine Flasche Wodka, umringt von sechs bunten, geschliffenen Schnapsgläsern. Über dem Biedermeier-Sofa hingen unverändert die in Mahagoni gerahmten Lithographien aus dem Zirkus Beck. Auch ihr offizielles Porträtfoto war noch an seinem Platz, rechts neben dem Fenster. Schon als Kind hatte ich mich gefragt, was der merkwürdig sphärische Blick bedeutete, den Victoria aufgesetzt hatte, schräg rechts an der Kamera vorbei, direkt ins Nirgendwo. Ich ging zur Vitrine und betrachtete die Bilder darin, die in schweren Silberrahmen steckten. Die Fotos mussten den Eindruck erwecken, dass ich das glücklichste Zirkuskind aller Zeiten gewesen war: Sie zeigten mich lachend auf Martha, der Elefantenkuh, lachend auf dem Kamel Habibi, lachend mit zwei rosa Pudeln auf den Schultern und – wie Victoria behauptet hätte – lachend mit Mister Kismet.

Hier in der guten Stube überreichte sie zu Weihnachten den Müllmännern Gewürzkuchen, gab jedem mit feierlicher Miene einen Hundert-Franc-Schein und trank mit ihnen mindestens eine Flasche Wodka leer. Hier hatte sie auch zwei Zeugen Jehovas empfangen, die ihr erzählten, welch tiefe Erfahrungen sie Gott verdankten – während Großmutter tiefe Erfahrungen in der Flasche suchte. Und trotzdem stritt sie zeitlebens ab, ein Alkoholproblem zu haben. Die zahllosen leeren Flaschen in der Küche würden nur beweisen, wie gastfreundlich sie sei.

»Thaïs?«

Ich ging zurück in die Küche, wo Madame Raphael gerade das Ausgussbecken wischte. Sie hatte das alte Transistorradio eingeschaltet. Leise, kaum hörbar, sang Michel Sardou *La java de Broadway*. Sie lächelte mich an. Ich lächelte zurück, obwohl ich das Lied hasste.

»Möchten Sie einen Kaffee oder Tee?«, fragte sie.

»Ich weiß nicht, ob ich hierbleibe. Ich weiß nicht, warum es mir so schwerfällt. Aber ich kann nicht …«

»Ich setze uns erst einmal einen Kaffee auf. Machen Sie sich nicht so viele Gedanken, das wird schon.«

Ihr Tonfall klang in meinen Ohren nicht sehr überzeugend. Michel Sardou war endlich verstummt.

»Ich kann Ihnen leider nicht anbieten, bei mir zu übernachten, die Wohnung ist winzig. Warum versuchen Sie es nicht einfach für eine Nacht? Drehen Sie das Radio auf!«

»Das hat meine Großmutter auch immer gemacht«, sagte ich lachend. »Einfach das Radio aufgedreht. Sie konnte Stille nicht ertragen.«

Im Radio lief jetzt *Magnolias Forever* von Cloclo. Auch nicht viel besser als Michel Sardou.

»Welcher Art war eigentlich Ihre Beziehung zu meiner Großmutter?« Die Frage sollte beiläufig klingen, tat sie aber nicht.

»Freundschaftlich«, antwortete sie nach einer längeren Pause.

»Sicherlich, die Blumen, die lange Bekanntschaft, Sie erwähnten es bereits. Aber meine Großmutter hatte sonst keine Freunde – ich meine außerhalb vom Zirkus. Was hat Sie zusammengebracht?«

»Mein Mann. Mein verstorbener Mann.«

Vorsichtig goss sie heißen Kaffee in unsere Tassen.

»Ihr Mann hat Sie mit meiner Großmutter zusammengebracht?«

»Indirekt.« Sie holte tief Luft. »Mein Mann hat getrunken, wie Ihre Großmutter. Nur schlimmer, viel schlimmer. Irgendwann habe ich es nicht mehr ertragen und ihn verlassen. Ja, ich ließ meinen Romain im Stich. Und dann kam der Anruf – ein Unfall. Das wäre niemals passiert, wenn ich bei ihm geblieben wäre.« Sie nippte vorsichtig an ihrem Kaffee. »Äthiopischer Mokka, etwas ganz Feines«, sagte sie mit geschlossenen Augen.

Ich wusste nicht, ob sie das Thema wechseln wollte, und schwieg.

»Als ich Ihre Großmutter kennenlernte, bemerkte ich die gleichen Symptome. Ich sah den Blick, roch den Alkohol … Verstehen Sie, ich erkannte meine Chance, etwas wiedergutzumachen. Ich habe mich um Ihre Großmutter gekümmert, habe sie nicht, wie meinen Mann, im Stich gelassen.«

»Sie denken«, sagte ich mit gesenktem Blick, »dass ich meine Großmutter im Stich gelassen habe, richtig?«

Madame Raphael drückte kurz meinen Unterarm. »Das ist etwas anderes. Sie sind jung, die Enkeltochter, nicht die Ehefrau. Es war die Aufgabe Ihrer Großmutter, auf Sie aufzupassen, nicht umgekehrt. Sie mussten gehen, Ihr eigenes Leben führen. Das ist der Lauf der Dinge.«

Bis auf das durchdringende Ticken der Wanduhr herrschte Stille in der Küche. Ich wollte etwas Aufmunterndes sagen, doch mir fiel nichts ein.

Das Klingeln des Telefons schreckte uns auf. Ich hastete in den Flur. Monsieur Luban war am Apparat. »Gut, dass ich Sie erreiche, Mademoiselle Leblanc«, sagte er in seinem feierlichen Ton, den er wahrscheinlich nur zum Schlafen ablegte. »Ich habe Kontakt aufgenommen, Sie wissen ... die Herren vom Zirkus ...« Ein kurzes Räuspern. »Ich kann Ihrem Wunsch nach einen schnellen Termin nachkommen, die Herren sind einverstanden, die Trauerfeierlichkeiten finden Anfang nächster Woche statt. Am Montag!«

»Sehr gut«, erwiderte ich dumpf.

»Ich wusste, dass Sie das freuen wird. Falls es als Teil der Feierlichkeiten einen Leichenschmaus geben soll, möchte ich die Empfehlung aussprechen, recht bald eine geeignete Lokalität zu wählen. In der näheren Umgebung gibt es nicht viele Möglichkeiten, wenn Sie ...«

»Verstehe.«

»Das Café Limonde ist sehr zu empfehlen, und nicht weit ...«

»Danke, Monsieur Luban, ich werde dort einen Tisch reservieren. Meine Großmutter hätte sich bestimmt gefreut, wenn Sie auch kommen würden.«

Er räusperte sich wieder. »Vielen Dank, Mademoiselle, das ist sehr freundlich, gern ... und ich wünsche noch einen guten Tag.«

Als ich in die Küche zurückkam, hatte Madame Raphael bereits ihre Tasse gespült. »Möchten Sie noch, oder darf ich Ihre Tasse auch abwaschen?«

»In vier Tagen ist es so weit. Dann wird sie beerdigt.«

»Noch Kaffee?«, fragte sie erneut.

»Nein, danke.«

»Das wird kein leichter Gang für Sie. Einen engen Verwandten zu Grabe zu tragen ist niemals leicht.«

»Ich habe noch keine Erfahrungen damit. Aber ich fürchte, Sie haben recht.«

Sie griff nach ihrer Tasche.

»Was halten Sie davon«, sagte ich betont munter, »wenn wir eine letzte Runde oben im Haus drehen und ich Sie dann nach Hause fahre?«

»Ja, gehen wir nach oben, und dann würde ich in der Tat gern den Heimweg antreten. Ich höre meine grünen Freunde nach mir rufen. Aber Sie müssen mich nicht bringen. Es ist nicht gut, wenn Sie nachher allein zurückkehren. Ich nehme den Bus.« Als ich widersprechen wollte, schüttelte sie nur den Kopf. »Lassen Sie uns nach oben gehen – aber Sie müssen wissen, dass ich nur einmal, direkt nachdem Ihre Großmutter gestorben war, die Schlafräume betreten habe. Wenn es Ihnen nichts ausmacht, würde ich lieber vor der Tür warten.«

Nichts hatte sich verändert in Victorias Zimmer, alles war wie früher. Nur eines fehlte: sie. Auf einmal war ihre Abwesenheit kein Segen mehr. Ich drehte mich um und rief laut zum Flur hinaus: »Sehr gut, sehr gut, machen wir weiter.«

Mit durchgedrückten Knien stakste ich an Madame Raphael vorbei. »Noch ein Blick ins Gästezimmer«, sagte ich, eine Spur zu laut, und fügte mit gekünsteltem Lachen hinzu: »Auf die Inspektion der Toiletten verzichte ich heute ausnahmsweise!«

Am Ende des Flurs öffnete ich forsch die Tür zum Gästezimmer, in das Victoria alles hineingestopft hatte, was einmal mir gehört hatte. Auf dem Gästebett saßen meine alten abgewetzten Stofftiere, nur in falscher Reihenfolge.

»Alles in Ordnung. Soll ich Sie nicht doch fahren? Wir könnten in meinem Flitzer …«

Madame Raphael drückte meinen Oberarm, diesmal so fest, dass ich wahrscheinlich einen blauen Fleck bekommen würde. »Wenn es gar nicht geht, gehen Sie morgen in eine Pension, heute ist es schon zu spät. Aber ich glaube, es ist besser, wenn Sie sich der Situation stellen. Das ist Ihre Chance, Abschied zu nehmen.«

»Sie haben wohl recht.«

Unten in der Küche half ich ihr in den Mantel. Mit einem verschwörerischen Lächeln drehte sie das Radio lauter. Eine Minute später standen wir vor der Tür, umarmten uns – viel länger, als flüchtige Bekannte das normalerweise tun –, und schon war sie winkend hinter den Erlen des Nachbarhauses verschwunden.

Ich setzte mich an den Küchentisch, dachte an Paris, an Daniel und seine Wimpern, die viel zu lang waren für einen Mann, dachte an das Bistro Chez André, vor dessen Tür oft ein alter Mann ohne Zähne sang, immer eine Geige in den Händen, auf der er aber nie spielte, ich dachte an das große Austernessen, das wir uns ein-, zweimal im Jahr gönnten, an meine kleine Wohnung, an meinen Chef, den griesgrämigen Fernand Braque von Braque Père et Fils Brautmoden und daran, wie gern ich mir jetzt seine Nörgeleien über ahnungslose Kunden und unzuverlässige Lieferanten angehört hätte.

Ich ging zum Telefon und wählte im Halbdunkel Daniels Nummer. Sein Mitbewohner antwortete. Nein, er wisse nicht, wo Daniel sei. Ja, er werde ihm ausrichten, dass ich angerufen hätte. Ich legte auf und dachte nach. Ich könnte jetzt ins Nord Pinus fahren. Natürlich konnte ich das. Aber es war wohl besser, sich morgen eine hübsche, preiswerte Pension zu suchen. Morgen würde ich lange mit Daniel telefonieren. Morgen würde ich ihn bestimmt erreichen. Morgen würde ich mich schon weniger einsam fühlen. Morgen. Morgen. Morgen.

Und jetzt? Ich stand am Treppenabsatz. In der Küche lief noch immer das Radio, ein Moderator sprach mit dieser typischen flüsternden Nachtprogrammstimme. In der Ferne hörte ich die Sirene eines Krankenwagens, dann Musik: *Let it be*. Ich nahm das als Zeichen, stampfte die Treppe hinauf, ohne mich um das Radio zu kümmern, geradewegs in Victorias Schlafzimmer und wickelte mich in ihre Bettdecke, die nach Waschmittel roch – nicht nach ihr. Ich war mir nicht sicher, ob ich das gut oder schlecht fand. Langsam gewöhnten sich meine Augen an die Dunkelheit, über mir traten die mächtigen Umrisse des präparierten Kopfes von Royal Highness hervor.

»Willkommen zurück!«, hörte ich eine Stimme aus der Ferne rufen. »Willkommen in der Welt der Geister.«

5

DER ZIRKUS KOMMT

Als ich am nächsten Morgen aufwachte, fiel mein Blick auf das alte Plakat an der Wand gegenüber: eine Lithographie der unvergleichlichen Madame Victoria, wie sie, ganz in Weiß, in der Manege steht, die Longierpeitsche schwingend, umringt von ihren Pferden. Perspektivisch war sie viel zu groß abgebildet – es sah aus, als würde sie über allem schweben, transparent und leuchtend zugleich. Mir war, als würde sie auch über mir schweben. Transparent, leuchtend und so präsent wie dieses Pfeifen, das einem manchmal in den Ohren klingt und das kein bisschen weniger real ist, nur weil andere es nicht hören.

Mein Blick wanderte über die vergilbten Programmhefte, die Victoria hinter den Spiegel geklemmt hatte, zu den Fotografien ihrer Pferde, die sich bis unter die Decke erstreckten, auch wenn man sie dort oben gar nicht richtig anschauen konnte. Neben dem Bett stand als Nachttisch ein ausgedientes Setzstück aus der Elefantendressur; seit Jahren blätterte die Farbe davon ab und sammelte sich in den Ritzen der Dielenbretter. Ich betrachtete den Kopf von Royal Highness über mir. Das silberbeschlagene Zaumzeug war schwarz angelaufen und die Pfauenfedern an der Stirntrense so staubig, dass man sie für Graugansfedern halten konnte. Neben der Tür, am schmiedeeisernen Garderobenhaken, hing ihr altes Kostüm mit den aufgenähten Strasssternen, die das einfallende Sonnenlicht in winzigen Regenbögen auf die Wand warfen.

Ich dachte an Daniel. Ich sah ihn vor mir, wie er mich anlächelte, und sehnte mich nach einer Berührung, wollte seine warmen Hände auf meiner Haut spüren und stellte mir vor, wie er seine Arme um meine Taille schlang und mich fest an sich drückte. Wahrscheinlich saß er in diesem Augenblick mit seinem schlaksigen Mitbewohner in der Küche, in einer Hand die Kaffeeschale mit dem Sprung, in der anderen seine erste Zigarette, dunkle Schatten unter den Augen. Ich könnte ihn jetzt erreichen, musste nur zum Telefon greifen. Beinah hätte ich »Allez!« gerufen. Aber ich blieb im Bett liegen.

Eine innere Stimme flüsterte mir zu, wie das Gespräch laufen würde: Er würde mich fragen, wie es mir geht. Ich würde antworten: schlecht. Er würde nicht nachfragen, warum. Nach einer Pause würde er sagen: Scheiße, wenn einer stirbt. Ich würde bejahen. Dann würde er fragen, wann ich zurückkomme. Ich würde antworten: in einigen Tagen. Er würde stöhnen. Dann würde er nachfragen, ob ich das nicht etwas genauer sagen könne. Ich würde gereizt nein sagen, um dann zu fragen, woher ich denn wissen soll, wie schnell man den Hausstand einer alten Frau auflöst. Er würde beleidigt schweigen. Ich würde sein mangelndes Verständnis beklagen. Er würde weiter schweigen. Wir würden uns knapp verabschieden. Er wäre genervt. Ich würde mich unverstanden fühlen.

Ich lag im Bett und ärgerte mich über ein Telefonat, das gar nicht stattgefunden hatte. Als mir das klar wurde, ärgerte ich mich noch mehr. Dann suchte ich mir etwas anderes, über das ich mich ärgern konnte, und ärgerte mich noch mehr, weil mir nichts einfiel. Das ging eine ganze Zeit so, bis mein Körper protestierte, er brauche endlich Kaffee – auch um sich weiter ärgern zu können. Ich ging zur Balkontür, atmete die frische, kühle Luft, lächelte an diesem Morgen zum ersten Mal und hatte sofort wieder vergessen, warum.

Im Badezimmer standen noch immer die Literflaschen mit Pinienbadezusatz und Shampoo auf dem Wannenrand. Ich duschte in der Hocke, einen Duschvorhang gab es nicht – Victoria hasste es zu duschen, eine Badewanne sei der einzige Vorzug eines festen Wohnsitzes, sagte sie immer wieder –, schlüpfte anschließend in ihren geblümten Morgenmantel und ging hinunter. Als ich im Flur am Spiegel vorbeilief, erschrak ich darüber, wie sehr ich Victoria ähnelte, musste aber nach der Schrecksekunde laut und herzlich über meinen Anblick lachen. In der Einkaufstasche von Madame Raphael fand ich frische Milch, Butter, Eier, einen Hefezopf und Aprikosenmarmelade – und strahlte wie nach einem Lotteriegewinn. Als der Kaffee fertig war, nahm ich das Frühstück mit nach oben und fühlte mich wie im Urlaub. Mir war bewusst, wie absurd es war, sich in einem Totenhaus in den Ferien zu fühlen, aber manchmal kann man sich seine Gefühle eben nicht aussuchen. Kaum hatte ich den letzten Bissen geschluckt, war der Urlaub schon wieder vorbei. Mich durchzuckte die Erkenntnis, dass der Zirkus Victoria – wie ich ihr Haus früher spöttisch genannt hatte – schon bald seine Zelte abbrechen würde. Die Vorstellung war beendet. Für immer. Die Erinnerungen an die große Zirkusfamilie Leblanc würden beim Trödler landen oder auf dem Müll.

Immerzu wollte ich, als ich bei Victoria lebte, ein neues Leben beginnen, dem Zirkus und meiner Großmutter den Rücken kehren, was ich dann, gleich nach meinem achtzehnten Geburtstag, ja auch tat: Ich zog nach Paris und begann meine Ausbildnug bei Braque. Doch auf einmal kam mir mein Leben in Paris hohl und trivial vor.

Auf der Kommode gegenüber dem Bett stapelten sich Victorias Fotoalben, die mit so vielen Bildern vollgestopft waren, dass Victoria sie mit Kordeln verschnüren musste. In Paris hatte ich auch ein Fotoalbum, elegant mit hellem Wildleder bezogen. Auf den ersten Seiten klebten Fotografien meiner Mutter (fünf Stück), von Victoria (sieben Stück) und vier Kinderbilder von mir. Auf Seite sechs war der glücklichste Tag meiner Kindheit zu sehen, als mir Victoria ein rotes Fahrrad schenkte (Victoria konnte nicht verstehen, warum ein Kind ein Fahrrad haben wollte, wenn es doch mit Schimpansen, Ponys und Elefanten spielen konnte). Und ab Seite sieben begann es dann, mein neues Leben: Bilder von mir, mit dem Ausbildungszeugnis in der Hand, Hände schüttelnd, Bilder von Weihnachtsfeiern und Sommerfesten der Firma Braque Père et Fils, dem zweitgrößten Fachgeschäft für Brautmoden in Paris und ältesten der Stadt, wie Monsieur Braque nicht müde wurde zu betonen. Das aufregendste Bild zeigte den unbeholfenen Versuch des Auszubildenden Gilbert, mir einen Kuss zu geben. Dann Urlaubsbilder mit Daniel: am Strand, beim Muschelessen, Kamelreiten, Skifahren … Auf den letzten Seiten klebten vier bemüht kunstvolle Schwarzweißfotografien, die ich mit meiner neuen Kamera aufgenommen hatte.

So sah es aus, mein Leben. Ich schloss die Augen, versuchte mir vorzustellen, was ich alles *nicht* fotografiert hatte: das Besäufnis am letzten Tag meiner Ausbildung zur Einzelhandelskauffrau oder den ersten Sex beim Campen am Atlantik mit dem Freund meiner – bis dahin – besten Freundin. Da musste noch mehr sein. Aber mir fiel nichts ein. Ich war so versessen darauf gewesen, ein normales Leben zu führen, dass ich mich nie gefragt hatte, ob ein normales Leben auch ein gutes Leben war.

Wie Madame Raphaels Fotoalbum wohl aussah? Bestimmt waren auf allen Bildern Blumen zu sehen. Riesige farbenfrohe Blumenbeete, und links am Bildrand Monsieur Raphael, klein, blass, mit Sonnenbrille. Auf einem anderen vielleicht blühende Apfelbäume in der Normandie, Madame Raphael am rechten Bildrand, klein, angeschnitten. Fotografien, die bewiesen, dass man da gewesen war: an Seen, auf Bergen, in Ausflugslokalen.

Wir alle scheinen uns mit unseren Bildern beweisen zu wollen, was für ein gutes Leben wir haben. Lächelnde Menschen vor den Symbolen ihres Wohlstands. Vor dem schnittigen Auto, im teuren Urlaubsort – Bilder aus einem mittelmäßigen Werbeprospekt. Madame Raphael besaß bestimmt keine Fotos von ihrem Mann nach dem fünften Glas Wein, wenn er mit glasigen Augen in die Ferne stierte. Die Wahrheit ist kein beliebtes Sujet.

Ich kniff die Augen zusammen, so fest ich nur konnte, war wütend, ohne genau sagen zu können, auf wen oder was. Jahrelang wollte ich all das hier loswerden, aber jetzt, wo es mich nur einen Anruf gekostet hätte, war ich mir nicht mehr sicher, ob ich es immer noch wollte. Ich spürte, wie sich eine Unruhe in mir ausbreitete, vor der ich am liebsten schreiend davon gelaufen wäre.

Victorias wichtigster – und vielleicht einziger – Beitrag zu meiner Erziehung war ihre, wie sie es nannte, »Regel Numero eins«: »Alles, was du als Anleitung fürs Leben brauchst, steht zuoberst auf jedem Feuerlöscher: Ruhe bewahren!«

Ich sagte zu mir selbst: »Ruhe bewahren!«, und atmete tief durch.

Eine Hummel war durch die geöffnete Balkontür ins Zimmer geflogen und fand nicht mehr den Weg zurück ins Freie. Mit lautem Surren flog sie gegen das Glas, wieder und wieder: *Plopp! Plopp! Plopp!* Ich dirigierte sie nach draußen, wo sie brummend in den diesigen Morgenhimmel verschwand. Ich trat auf den Balkon und blickte über die Wiese, die aussah, als hätte man sie in Milch getaucht. Feiner Morgendunst stieg aus der Senke hinter dem Haus auf, verteilte sich langsam über die Wiese, die sich bis zu dem kleinen Akazienwäldchen am Ende des Grundstücks erstreckte, ungefähr einen halben Kilometer vom Haus entfernt. Eigentlich hatte Victoria das Haus wegen dieser Wiese gekauft, um jeden Wanderzirkus Europas einzuladen, dort kostenlos seine Zelte aufzuschlagen. Anfangs kamen sie noch zahlreich, doch von Jahr zu Jahr wurden es weniger.

»Der kleine Wanderzirkus stirbt aus«, hieß es in einem ihrer letzten Briefe, »weil die Menschen nur noch Fernseher und Radio kennen. Sie haben jeden Sinn für den echten Zauber verloren.«

Als ich wieder hineingehen wollte, sah ich, wie sich

ein Schatten aus den Akazienbäumen löste. Ich erkannte einen alten Traktor, der einen Oberlichtwagen zog, dahinter ein Pferdefuhrwerk, gefolgt von weiteren Zirkuswagen.

Der Zirkus kommt, dachte ich. Ohne sagen zu können, was ich dabei eigentlich fühlte. Eine Weile verfolgte ich das Hin- und Herrangieren der Wagen auf der Wiese, aber da ich sehr gut wusste, wie lange es dauert, bis so ein Zirkus aufgebaut ist – und wie hektisch es dabei zugeht –, vertagte ich meinen Antrittsbesuch auf den Nachmittag. Ich ging hinunter ins Erdgeschoss und begann in der Küche alles, was ich nicht gebrauchen konnte, in alte Bettbezüge zu stopfen. Victoria war offenbar der Überzeugung gewesen, für löchrige Töpfe, blinde Wasserkrüge, verzogene Schneidebretter oder Schneebesen ohne Griff noch einmal Verwendung zu finden. Gegen Mittag stapelte ich im Wohnzimmer einen schiefen Berg aus Bettwäschesäcken, in denen ich massenweise alten Plunder verstaut hatte. Dann trieb mich die Neugier noch einmal auf den Balkon, ich wollte sehen, wie weit die Zirkusleute gekommen waren.

Gerade mal fünf Zirkuswagen standen unten im Kreis. Ein düsterer Käfigwagen, der neben einem schmucklosen Oberlichtwagen stand, und drei klassische Zirkuswagen, mit einer Aufschrift an der Wagenseite, die ich aus der Entfernung nicht lesen konnte. Ein Zelt war nicht aufgebaut, ebenso wenig sah ich Tiere, bis auf einige grasende Pferde. Kein

Mensch weit und breit. Ein merkwürdiger Zirkus, dachte ich, ging zurück in die Küche und räumte weiter lustlos die Speisekammer aus.

Gegen eins hatte ich genug davon, legte mich aufs Sofa und überlegte, wie ich am besten das Thema Erbschaft ansprechen sollte, fand aber keinen Aufhänger. Erst einmal wollte ich sehen, mit was für Leuten ich es zu tun hatte. Ich verkleidete mich, so gut es ging, als Trauernde, mit dunkler Hose und weißer Bluse, und lief hinaus in Richtung Zirkuswiese.

Der Himmel war blau und wolkenlos, es war warm geworden. Ich ging die Senke hinab, sprang über den schmalen Wasserlauf, lief auf der anderen Seite wieder hinauf und durchquerte das hohe Gras. Mit jedem Schritt war mir unklarer, worüber wir eigentlich sprechen sollten, wenn nicht über die Erbschaft. Mir fiel nicht mehr als ein freundliches Hallo ein. »Hallo«, sagte ich laut zu mir selbst. »Willkommen auf der Zirkuswiese! Wie war die Reise?«

Der erste Wagen sah vom nahem ziemlich schäbig aus. Die Aufschrift an der Seite schien mehrfach übermalt worden zu sein, nur mit Mühe konnte ich sie entziffern: *Le Cirque perdu*. Le Cirque perdu? Wer gab seinem Zirkus so einen Namen: der verlorene Zirkus. Ich ging um den Wagen herum, dahinter grasten nur die angebundenen Pferde. Noch immer war kein Zelt aufgebaut. Entweder schliefen alle, oder sie machten sich einen Spaß daraus, mich zu beobachten. Die Fensterläden der Wagen waren verschlossen, zumindest bei denen, die welche besaßen; am Käfigwagen war die große Seitenklappe zu Boden gelassen. Ich ging näher heran, wollte sehen, was für ein Tier hinter den schwarz glänzenden Gitterstäben hauste. Eine Stimme in mir sagte: Kehr um, geh weg!, aber hinter diesen Stäben war etwas, das ich ergründen musste, etwas, das auf mich zu warten schien. Ganz dicht stand ich jetzt vor dem Käfig, sah aber nur Finsternis.

»Hallo?« Es roch nach Stroh und Urin, dem einer Wildkatze vielleicht.

Vorsichtig schob ich meine Hand zwischen die Stäbe. Du musst verrückt geworden sein, sagte ich mir, und konnte doch nicht aufhören.

Keine Reaktion, nicht ein Ton war zu hören. Meine Fingerspitzen verschwanden langsam im Käfig. Ich war wild entschlossen, das zu berühren, was dort drinnen auf mich wartete.

»Das würde ich nicht machen!«, sagte eine fremde Stimme.

Erschrocken zog ich meine Hand zurück, drehte mich um, sah aber nur eine dunkle Silhouette im gleißenden Gegenlicht. Kleinlaut sagte ich »Guten Tag!« und erkannte schließlich eine weiß kostümierte und geschminkte Gestalt.

»Sie haben mich erschreckt.« Ich versuchte, selbstbewusst und verärgert zu klingen – was gründlich misslang.

Vor mir stand ein junger Mann. Er musste in meinem Alter sein, vielleicht ein paar Jahre älter, schwer zu sagen mit der Schminke.

»Willkommen im Cirque perdu!«, sagte er und verbeugte sich, wobei seine cremefarbene Kappe verrutschte.

Ein Weißclown, plötzlich fiel mir der Begriff wieder ein, der junge Mann war ein Weißclown – wenn auch ein ziemlich ramponierter.

»Willkommen … Willkommen auf der Wiese meiner Großmutter, Monsieur!«

Als mir klar wurde, wie dämlich das klang, hatte ich es schon gesagt. Wir starrten einander an. Er betrachtete mich, als hätte er mich bei einer Tombola gewonnen, unsicher, ob er den Preis wirklich behalten wollte.

»Mademoiselle Leblanc. Thaïs Leblanc, richtig?«

»Richtig«, antwortete ich, ohne ihm in die Augen zu schauen. An seiner Jacke fehlten reihenweise die Pailletten, der linke Ärmel war zerschlissen, die Hose geflickt. Aber er lächelte. Und wenn man von den hochgezogenen Augenbrauen absah, war sein Lächeln wunderbar. Einfach wunderbar.

»Mein Name ist Bajou. Ich bin … ich meine, ich war ein großer Verehrer Ihrer Großmutter. Sie war eine große Kollegin.« Er verbeugte sich. »Darf ich Sie vielleicht herumführen?« Er deutete zu den anderen Wagen.

»Gern. Wann kommen denn die anderen Wagen?«

»Welche anderen?«

»Nun, ich meine, fünf Wagen …«

»Richtig gezählt, fünf Wagen. Und?« Er schien mich tatsächlich nicht zu verstehen.

»Fünf Wagen – das ist ein kleiner, ein *wirklich* kleiner Zirkus.«

Er blinzelte verschwörerisch: »Cirque perdu! Der Rest ist uns abhandengekommen.« Er deutete auf den vergitterten Wagen hinter uns. »Den hier kennen Sie ja bereits.«

»Was für Tiere haben Sie denn in Ihrem Zirkus?«

Ohne auf meine Frage einzugehen, sagte er mit Blick auf den nächsten Zirkuswagen: »Hier wohnt der Rumäne. Sie werden ihn noch kennenlernen. Er hat die ganze Nacht gearbeitet und schläft jetzt. Psst, hören Sie das?«

Ich hörte nichts.

»Da!«

Ein Schnarchen.

Er schien sich köstlich darüber zu amüsieren, warum, war mir nicht ganz klar. »Das ist gar nichts«, sagte er. »Er kann noch lauter, viel lauter! Hängt davon ab, was er getrunken hat – und wie viel.«

Er ging zum nächsten Wagen, der weiß angestrichen war und rote Fensterläden hatte.

»Das ist mein Reich«, sagte er und breitete theatralisch die Arme aus, was vielleicht ironisch gemeint war, aber auch echten Stolz ausdrücken konnte.

Ich nickte interessiert, wie bei einer Führung durchs Museum. Wir erreichten den letzten der fünf

Zirkuswagen. Von nahem betrachtet, war es der schönste Zirkuswagen, den ich je gesehen hatte. Die Seiten waren mit Einhörnern bemalt, die auf Wolken tanzten, und Fischen, die durch brennende Reifen sprangen, Messerwerfern, die Blitze statt Wurfmesser benutzten – lauter Nummern, die es wohl in keinem Zirkus der Welt zu sehen gab. Ich konnte meinen Blick nicht davon abwenden.

»Das ist der Wagen meines Großvaters. Er ist der Zirkusdirektor und würde Sie liebend gern begrüßen …«

Ich trat auf die erste Stufe der Treppe, aber er stellte sich mir in den Weg. »Was jetzt leider nicht möglich ist.«

Ich zuckte gleichgültig mit den Schultern: »Kein Problem. Ich sehe ihn ja bei der Trauerfeier.«

Bajou zog die aufgemalten Augenbrauen noch höher. »Mein Großvater ist ein sehr alter Mann. Er würde sich freuen, wenn Sie ihm die Ehre eines Besuchs *vor* der Trauerfeier erweisen würden.«

»Ich werde noch mal vorbeischauen.« Seine geschwollene Art zu reden erinnerte mich an Monsieur Luban. Ich musste schmunzeln, was ihn offensichtlich noch mehr aufregte.

»Mein Großvater würde das wirklich sehr zu schätzen wissen«, sagte er und kniff die Lippen zusammen.

Es rumpelte. Die Tür des Wagens hinter uns war aufgestoßen worden, eine massige Gestalt blieb stöhnend in der offenen Tür stehen und reckte sich – eine Haut wie Leder und ein stechender Blick unter buschigen Augenbrauen.

»Der Rumäne, wir sprachen über ihn.« Bajou senkte die Stimme: »Scheint gerade aufgewacht zu sein, sprechen Sie ihn lieber nicht an. Kurz nach dem Aufstehen ist er ungenießbar.«

Der riesige Kerl schwankte die Treppe herunter, gab ein Grunzen von sich und machte eine abfällige Handbewegung in unsere Richtung, blieb stehen und fixierte mich aus verquollenen Augen. Dann grinste er, sagte ein paar Worte in einer Sprache, die ich nicht verstand, und verschwand wieder in seinem Wagen. Ein lautes Krachen folgte. Das Schnarchen setzte ein.

»Der Rumäne, wie er leibt und lebt«, sagte Bajou und schüttelte mir zum Abschied die Hand. »Ich hoffe, dass wir uns bald, sehr bald wiedersehen.« Die Stimmung war jetzt weniger feindselig.

»Bajou, Bajou war Ihr Name, richtig?«, fragte ich, obwohl ich genau wusste, wie er hieß.

»Genau«, antwortete er, »Bajou.«

»Thaïs«, antwortete ich und streckte ihm die Hand entgegen. »Darf ich Ihnen das Du anbieten?«

»Gern, Thaïs, sehr gern.«

Während ich zurück zum Haus ging, meinte ich, seine Blicke in meinem Rücken zu spüren. Wie er wohl ohne Schminke aussah? Ich lächelte und versuchte mir einzureden, dass ich das nur wegen des seltsamen Auftritts des Rumänen tat.

6

DER ZIRKUSDIREKTOR

Später fuhr ich zum Café Limonde, das mir Monsieur Luban für den Leichenschmaus – ein widerwärtiger Ausdruck – empfohlen hatte. Da ich keine Ahnung hatte, was man zu einem solchen Anlass sevierte, überließ ich die Auswahl Madame Cluesa, der Inhaberin des Cafés, einer älteren Dame mit strengem Blick und gelbgrauem Haar. Sie empfahl mir, den »Süßen« Kaffee und Kuchen anzubieten und den »Herzhaften« Pasteten und Wein und ratterte ihr Menü herunter. Wann immer ich »klingt gut« oder etwas Ähnliches sagte, machte sie einen Vermerk in einem dicken, schwarzen Buch. Ich konnte meinen Blick nicht von ihrer Frisur abwenden, in der die Jahresproduktion der französischen Haarsprayindustrie zu kleben schien.

»Wie viele Trauergäste dürfen wir erwarten, Mademoiselle?«

»Sechs«, antwortete ich, was sie mit einem enttäuschten Gesichtsausdruck quittierte.

»Rechnen Sie damit, dass unerwartet weitere Trauergäste erscheinen.« Sie würde immer wieder erleben, dass Nachbarn, vergessene Freunde oder entfernte Verwandte auftauchten. Ich nickte, obwohl ich nichts dergleichen erwartete. Ihren Rat deutete ich als schlichten Versuch, den Umsatz zu erhöhen, dennoch ließ ich mich darauf ein, die Anzahl der Gedecke auf acht zu erhöhen.

Als alles besprochen war, sagte sie, eher im Vorbeigehen, dass wir dann wohl auch räumlich umdisponieren müssten. »Der linke Raum ist für acht Personen leider zu klein, aber Sie haben Glück, meine Liebe, der Salon Belvedere ist noch frei, lediglich das Couvert liegt zwei Franc höher. Dafür haben Sie einen viel schöneren Raum.«

Die schlaue Natter, dachte ich, sagte aber nichts. Zum Abschluss des Gesprächs ließ sie mich die Pasteten und den Wein probieren. Beides schmeckte ausgezeichnet, was ich Madame Cluesa überschwänglich mitteilte, die meine Überraschung als Herabwürdigung ihres Hauses auffasste. Die Schokoladentarte ließ ich mir einpacken und die fast volle Weinflasche verkorken, um beides mit nach Hause – ich wunderte mich selbst, wie schnell ich diesen Ausdruck verwendete – zu nehmen. Auch das schien Madame Cluesa als Beleidigung zu verstehen. Sie würdigte mich keines Blickes mehr.

Zu Hause trank ich noch ein Glas Wein und spielte auf Victorias Plattenspieler im Wohnzimmer Chansons von Charles Trenet. Jetzt noch die Beerdigung hinter mich bringen, das Haus ausräumen. Ein paar Tage noch, vielleicht eine Woche. Dann hatte ich es geschafft.

Ich legte mich aufs Sofa und machte es mir gemütlich. Nur ganz kurz. Dann würde ich die Männer vom Zirkus besuchen. Als kleines Gastgeschenk wollte ich die Tarte mitnehmen. Ich schloss die Augen.

Als ich aufwachte, war das Wohnzimmer bereits in das blaue Licht der Dämmerung getaucht. Ich schnappte mir den Kuchen und stiefelte hinter das Haus zur Wiese.

Der Himmel begann sich königsblau zu färben. Vorsichtig lief ich durch die Senke hinüber zum hohen Gras und meinte eine schmale Rauchsäule zu erkennen, die senkrecht in den Himmel aufstieg. Ich war mir auf einmal nicht mehr so sicher, ob es wirklich eine gute Idee war, mit einem Kuchen in der Hand und einem albernen Grinsen im Gesicht an ein Lagerfeuer zu treten, das von fremdem Männern umringt war, die wahrscheinlich Alkohol tranken, Karten spielten oder sonst was taten, was Männer eben so tun, wenn sie unter sich sind. Auf der Hälfte des Weges blieb ich stehen – meine innere Stimme sagte mir, dass ich umkehren sollte, aber wie schon in den letzten Tagen ignorierte ich die ewige Neinsagerin in mir und lief weiter auf das Feuer zu. Wie an einer Schnur zog es mich dorthin, als hätte jemand einen Köder ausgeworfen, den ich vor langer Zeit geschluckt hatte. Dieser Jemand begann jetzt langsam die Angelschnur mitsamt Thaïs Leblanc einzuholen.

Eine Klarinette ertönte, kurz darauf stimmte ein Akkordeon ein. Sie machten Musik. Ich lächelte erleichtert. Sternhagelvoll konnte man kein Instrument spielen. Zwischen den Wagen sah ich Holzscheite im Feuer glühen. Sie beleuchteten den riesigen Kerl, den Bajou den Rumänen genannt hatte. Er ließ sein Akkordeon sinken und sagte etwas in der Sprache, die ich nicht verstand, zu einem Mann, der mit dem Rücken zu mir saß. Der setzte seine Klarinette ab und drehte sich um. Große schwarze Augen. Es war Bajou, ohne Kostüm.

»Natürlich ist sie gekommen – er hat es gesagt.« Bajou stand auf, lächelte schüchtern. »Willkommen! Seien Sie, ich meine, sei bitte unser Gast.«

Ich hielt den Kuchen in die Höhe. »Ich habe ein Gastgeschenk mitgebracht.« Unsicher fügte ich hinzu: »Eine Schokoladentarte.« Der Rumäne strahlte.

»Das freut uns sehr«, sagte Bajou, wieder in diesem Moniseur-Luban-Ton.

»Bevor wir den Kuchen essen, würde ich dich gern zu meinem Großvater bringen. Er wartet bereits auf dich.«

Bajou gab den Kuchen an den Rumänen weiter, der ihn mit einem Gesichtsausdruck entgegennahm, der mich zweifeln ließ, dass wir je ein Stück davon abbekommen würden.

»Wie meinst du das?«, fragte ich. »Er wartet bereits auf mich?«

»Er hat gesagt, dass du heute Abend kommen wirst.«

Anscheinend wunderte es Bajou kein bisschen, dass sein Großvater meinen Besuch vorhergesehen hatte.

»Interessant«, sagte ich, aber Bajou ignorierte meinen spöttischen Unterton. Er blieb vor dem prächtigen Wagen seines Großvaters stehen, klopfte an, rief »Sie ist da!« und öffnete die Tür für mich.

»Du kannst jetzt eintreten.«

Ich zögerte.

»Geh einfach hinein.« Er lächelte mir aufmunternd zu.

Ich nickte und machte einen großen Schritt ins Innere des Wagens. Es roch nach Tabak, Gewürzen und Weihrauch.

»Nenn mich einfach Papó«, rief eine kräftige alte Männerstimme.

Er saß in der Mitte des Wagens neben einem flackernden Kerzenleuchter an einem winzigen Sekretär. Sein verbeulter Zylinder fiel mir als Erstes auf. Er saß schief auf seinem Kopf, das ehemals rote Hutband war fleckig. Dazu trug er einen abgewetzten Frack. Das Hemd war sauber, aber am Kragen zerschlissen. Die rote Fliege hing ähnlich traurig an seinem Kragen wie die verwelkte Rose am Revers.

»Komm näher, Thaïs. Ich hoffe, als alter Mann darf ich du zu dir sagen?«

Das flackernde Kerzenlicht wurde von tausend kleinen Spiegelstücken reflektiert, die in kunstvolle Schnitzereien an den Wänden eingelassen waren. Einige Spiegel waren alt und fleckig, andere silbrig glänzend; sie reflektierten das Kerzenlicht in alle Richtungen. Es war, als wäre ich in einen Sternenhaufen gestiegen.

»Haben Sie das gemacht?«, fragte ich.

»Nicht ›Sie‹. Ich bin Papó. Einfach nur Papó.«

»Woher wussten Sie … ich meine, woher wusstest du, dass ich heute komme?«

»Du wurdest mir angekündigt«, antwortete er. Sein Gesicht war mit Altersflecken übersäht, aber seine wachen Augen waren die eines jungen Mannes.

»Mein Beileid zum Tod deiner stolzen Großmutter. Sie wird ein großes Loch in der Familiendecke hinterlassen«, sagte er und sah tatsächlich so aus, als würde er dieses Loch schmerzlich fühlen.

»Leider besteht meine Familiendecke nur noch aus Löchern.« Dazu zuckte ich mit den Schultern, als ob mir das nicht viel ausmachen würde. Sein Blick verriet, dass er mir nicht glaubte. Ich stand jetzt vor seinem winzigen Schreibtisch, der eigentlich mehr eine Schreibtischparodie war.

»Ich kann mich leider nicht erheben, wie es sich gehört. Meine Beine haben heute ihren eigenen Willen.«

»Nichts Ernstes hoffentlich.«

»Solange man noch lebt, ist nichts wirklich ernst.«

Ich wusste nicht, was ich darauf erwidern sollte.

»Ich habe Schokoladentarte mitgebracht«, sagte ich schließlich. »Soll ich dir ein Stück bringen?«

»Danke nein. Mein Appetit ist nicht so groß – anders als der des Rumänen.« Er lächelte, sah mir tief in die Augen. »Du hast die wunderschönen Augen deiner Mutter.«

»Du hast meine Mutter gekannt?«

»Leider nicht sehr gut, aber gut genug, um zu sehen, dass du ihre Augen hast.«

»Wo hast du meine Mutter kennengelernt?«

»Wir werden noch Gelegenheit haben«, sagte er, und hustete, »über deine löchrige Familiendecke zu sprechen.« Er lüpfte kurz den Zylinder. »Bis bald, liebe Thaïs!«

Damit schien meine Audienz beim Zirkusdirektor beendet. Gerade wollte ich mich zum Gehen umwenden, als mir etwas in den Sinn kam. »Wo ist eigentlich das Zelt?«, fragte ich. »Bisher habe ich weder ein Zelt noch eine Manege gesehen.«

»Bald schon werden wir dir die Manege zeigen – du wirst dort deinen ersten Auftritt haben.«

Als ich den Mund öffnete, um zu fragen, wie er auf die Idee käme, dass ich in einem Zirkus auftreten würde, ging die Tür auf und Bajou rief: »Der Kuchen ist angeschnitten, du musst jetzt kommen.«

Ich wandte mich noch einmal zu Papó, der mich anlächelte, als würden wir uns schon ein ganzes Leben kennen. Dann stolperte ich die Stufen hinab.

Es war Nacht geworden. Auf drei Kisten am Feuer standen Emailleteller mit gewaltigen Tartestücken. Der Rumäne grinste mich an. Wahrscheinlich hatte er den Kuchen geschnitten, sein Stück war das größte.

»Setzen wir uns«, sagte Bajou. »Der Rumäne hat Hunger.«

Bevor ich Platz genommen hatte, hatte der Rumäne die Hälfte seines Stücks verschlungen. Bei jedem Bissen gab er einen kehligen Ton von sich und machte ein Handzeichen, was offenbar Wohlgefallen ausdrücken sollte. Mein Gastgeschenk war ein voller Erfolg.

Bajou rückte mit seiner Kiste ein wenig zu mir. »Was hat er gesagt?«

Ich grinste: »Dass ich ein ganz großer Star in eurem Cirque perdu werde, hat er gesagt. Demnächst hab ich meinen ersten Auftritt!«

Bajou schnappte sich einen Ast und stocherte wild in der Glut herum. Funken stoben durch die Luft. »Es ist eine große Ehre«, presste er durch die Zähne, »dass er dich in unsere Manege eingeladen hat – eine Ehre, die nur wenigen zuteilwird.«

Ich hatte mich wohl mal wieder in die Nesseln gesetzt und wusste nicht, was ich sagen sollte.

Der Rumäne stand auf und sah Bajou an, der sich daraufhin ebenfalls erhob: »Wir begleiten dich zurück, Thaïs.«

Schweigend liefen wir über die Wiese, nur der Rumäne musste andauernd aufstoßen, wofür ihm Bajou tadelnde Blicke zuwarf. Als wir das hohe Gras erreicht hatten, blieben wir stehen. Bajou gab mir zwei flüchtige Abschiedsküsse auf die Wangen. Dabei flüsterte er mir ins Ohr: »Wir warten schon seit Jahren auf deinen Auftritt!«

Ich blieb verdutzt stehen und wollte fragen, was das jetzt wieder zu bedeuten hatte. Aber da waren die beiden schon in der Dunkelheit verschwunden.

7

DER MULO MAG KEIN FEUER

Wie mir Monsieur Luban geraten hatte, war ich zur Rückseite des Friedhofs gefahren, um den Wagen zu parken. Ich lief den geraden Weg zur Kapelle entlang, unter meinen glatten Sohlen knirschte der geharkte Kies. Der Weg, die Grabsteine, der Himmel, die Tauben – alles verschmolz zu einem schlierigen Grau in Grau, wie Blei unter dem Lötkolben. Es war ein einsamer Weg. Kein anderer Trauergast war zu sehen. Sanft strich ich über Victorias frisch gebügeltes Spitzentaschentuch in meiner Manteltasche, hätte es am liebsten schon jetzt benutzt.

Ich drückte die schwere Eichentür auf, trat in den Vorraum der Kapelle. Still war es hier, still und kühl. Monsieur Luban stand im dreiteiligen schwarzen Anzug neben einem grauen Stehpult, auf dem ein dickes ledergebundenes Buch lag. Er hätte auch der Empfangschef eines teuren Pariser Restaurants sein können. Fast hätte ich ihn nach einem Tisch am Fenster gefragt, zwei Personen. Aber den Scherz hätte er bestimmt nicht verstanden.

Schweigend schüttelte er meine Hand, reichte mir einen Kugelschreiber: »Noch einmal herzliches Beileid.«

Wir sahen aneinander vorbei.

»Wenn Sie sich bitte ins Kondolenzbuch …«

Ich schrieb meinen Namen auf die leere Seite. Wozu das gut sein sollte, begriff ich nicht, aber das war heute meine kleinste Sorge.

Er öffnete die weiße Flügeltür und deutete ins Innere der Kapelle: »Wenn Sie sich bitte in die erste Reihe …«

Dass er auch heute seine Sätze nicht zu Ende brachte, war beinahe beruhigend.

Mit sorgsam gesetzten Schritten ging ich den Mittelgang entlang. Mir war, als würde ich eine Bleiweste tragen wie zur Röntgenuntersuchung im Hôpital Bichat-Claude Bernard in Paris. Nach der Hälfte des Weges setzte die Orgel ein. Ein gewaltiger Akkord fuhr mir in die Knochen. Monsieur Luban hatte irgendwann Musik erwähnt. Bach. Damals hielt ich es für passend – aber in einem Raum mit Sarg fühlen sich die Dinge anders an.

Madame Raphael hatte recht behalten. Es war ein schwerer Gang.

Als ich mich in die erste Reihe setzte, hatte ich

noch keinmal auf den Sarg geschaut. Wollte nicht, musste aber, sah den schlichten weißen Sarg, spürte eine Enge in der Brust. Da drin liegt sie nun, ihr Testament nimmt sie mit ins Grab, dachte ich, schöne Blumen, dachte ich. Fühlte nichts. Außer dem Wunsch, dass die Orgel verstummen möge.

Jemand berührte sanft meine Schulter. Ich drehte mich um, Madame Raphael. Sie war blass. Ich wollte lächeln. Sie sagte etwas. Die Orgel übertönte alles. In der ersten Reihe zu sitzen, allein, das war das Schlimmste. Mutterseelenallein. Meine Augen füllten sich mit Tränen. Und es hatte noch nicht einmal begonnen. Außer Madame Raphael war niemand gekommen. Mir fielen die acht Gedecke ein, die Madame Cluesa mir aufgeschwatzt hatte.

Monsieur Luban trat auf die niedrige Empore neben dem Sarg. Die Orgelklänge erstarben. Gott sei Dank. Mit durchgedrücktem Rücken stand er da und räusperte sich. Eine Rede. Plötzlich fiel es mir wieder ein, er hatte von einer Rede gesprochen.

»Wir sind hier, um Abschied zu nehmen«, hörte ich ihn sagen.

Das war der Anfang, den ich noch deutlich in Erinnerung habe. *Wir sind hier, um Abschied zu nehmen.* Und dann legte er los: Abschied nehmen von einer Weltklasse-Dresseurin, unvergleichlichen Reiterin, begeisterten Tierliebhaberin, leidenschaftlichen Reisenden und liebevollen Großmutter.

Als würde sie gar nicht zu mir gehören, sah ich eine

Träne auf mein Kleid tropfen, die vom schwarzen Crêpe-de-Chine-Stoff augenblicklich aufgesogen wurde. Wir weinen nicht um die Toten, sagte die kleine Klugscheißerin in mir, wir bemitleiden am Ende nur uns selbst. Richtig, und es fühlte sich gut an, in Selbstmitleid zu baden. Eine Träne nach der anderen tropfte auf mein Kleid.

Monsieur Luban sprach von der Bedeutung des Familienzusammenhalts, gerade in schweren Stunden. Wovon redete er da? Hätte er mal durchgezählt, wäre ihm aufgefallen, dass ich die einzige Person im Raum war, bei der ich Familienzusammenhalt suchen konnte. Wahrscheinlich ein Passus aus seiner Standardrede.

Ich hielt den Blick gesenkt auf meine gefalteten Hände, hörte Monsieur Luban wie aus der Ferne:

»... Victoria Leblanc hat um eine ganz besondere musikalische Begleitung auf ihrem letzten Weg gebeten. Wir wollen ihr diesen Wunsch erfüllen.«

Ich rätselte noch, was er damit meinte, als es von hinten durch den Raum schallte. Ich drehte mich um, Bajou stand da, spielte auf seiner Klarinette, der Rumäne auf dem Akkordeon, dann waren da noch ein stämmiger Gitarrist mit Schnauzbart und ein dünner Kerl, der einen Kontrabass zupfte. Ich kannte die Melodie aus dem Zirkus Beck, sie wurde zum Ende der Vorstellung gespielt. Den Rausschmeißer nannten sie das Stück. Das Blei in meinen Adern verflüssigte sich langsam.

Direkt hinter Madame Raphael saß Papó. Statt seines Zylinders trug er heute einen hohen, breitkrempigen Hut und zum schwarzen Anzug ein blutrotes Hemd, das von einem schmalen Samtband am Kragen zusammengehalten wurde. Ich konnte nicht anders als grinsen. Er antwortete mit einem amüsierten Lächeln.

Monsieur Luban öffnete die Flügeltüren, sechs Sargträger in schwarzen Umhängen und mit Dreispitz trugen den weißen Sarg zur Kapelle hinaus. Papó nickte Bajou zu, der seine Klarinette in den Hosenbund steckte und sich den Sargträgern anschloss.

Papó hakte sich bei mir unter und flüsterte: »Keine gerade Zahl bei Sargträgern – das bringt Unglück!«

Monsieur Luban sah mich irritiert an. Ich ging zu ihm: »Keine gerade Zahl bei Sargträgern!«

Papó senkte den Kopf, damit die Hutkrempe sein Grinsen verbarg.

Als Letzte verließen die Musiker die Kapelle.

Der Trauerzug bewegte sich im Takt der Musik über den Friedhof. In einem Film über eine kreolische Beerdigung in New Orleans hatte ich mal etwas Ähnliches gesehen, nur dass das hier keine Brassband war. Ich fühlte mich auf einmal … ja, wie fühlte ich mich eigentlich? Erlöst. Erlöst von der übermächtigen Präsenz des Todes. Es war befreiend, ihm eine ordentliche Portion Leben entgegenzuwerfen. Victoria hätte es so gewollt, und ich wollte es auch.

Monsieur Luban führte den Trauerzug an, das ledergebundene Kondolenzbuch vor der Brust haltend wie eine Bibel. Auch den Konfessionslosen, hatte er gesagt, wolle er das Gefühl einer »richtigen Beerdigung« bescheren. Doch jetzt vermasselten die Musik und diese Zirkusleute ihm die Tour – worüber ich ganz froh war.

Wir erreichten das offene Grab, das mit dem Blumenschmuck weit weniger beängstigend aussah, als ich befürchtet hatte. Einer der Sargträger zählte leise: zwei, eins, ab. Dann stand der Sarg auf den Holzbalken über dem offenen Grab.

Die Musik verstummte. Für einen Moment hielt ich den Atem an, erwartete das, was man Grabesstille nennt – aber es war alles andere als still. Vögel zwitscherten, eine Motorsäge jaulte in der Ferne, hinter mir rauschte der Wind durch die Pinien und wehte einen Zapfen herab, der mir vor die Füße rollte. Das Leben rief mir zu: Ich denke nicht daran, die Uhren anzuhalten – es wird ohne Pause weitergelebt.

Ich schaute in die Runde. Die Musiker schienen etwas vor sich hinzubrabbeln, ein Gebet oder sonst etwas, vielleicht wünschten sie Victoria eine gute Reise in den Himmel oder wohin ihre Seele sonst unterwegs war. Vielleicht führten sie auch nur Selbstgespräche. Mir war das egal. Ich wünschte Victoria eine gute Reise zu ihren Pferden, die bestimmt schon auf sie warteten, und flüsterte: »Gute Reise zum Zirkus deiner Träume!« Ein Satz, so kitschig, dass es mir peinlich war – und doch trieb er mir die Tränen in die Augen. Jetzt kam das weiße Spitzentaschentuch zum Einsatz.

Als ich wieder gucken konnte, war Victorias Sarg bereits in der Erde verschwunden. Monsieur Luban überreichte mir ein Schäufelchen und einen kleinen Eimer mit Erde. Ich trat vor das Grab, warf eine halbe Schaufel Erde hinein und reichte Eimer und Schaufel an Madame Raphael weiter. Dann trat der Rumäne mit einem großen Karton an das offene Grab – ich hatte keine Ahnung, wo er den auf einmal herhatte – und holte eine Wodkaflasche heraus, die er Papó gab.

»Bei uns ist es Tradition«, sagte Papó leise zu mir, »dass wir dem Toten die Dinge mitgeben, die er am meisten geliebt hat.«

Während die anderen ihre Instrumente einpackten, ging der Rumäne mit dem Karton herum, und jeder nahm sich eine Flasche Wodka oder eine Packung Zigaretten. Als alle an die Reihe gekommen waren, erhob Papó seine Flasche. Die anderen zündeten sich Zigaretten an oder hielten ihre Flaschen in die Höhe, riefen etwas in der fremden Sprache, nahmen einen tiefen Schluck oder zogen kräftig an ihren Zigaretten. Auf Papós Kommando warfen alle die Flaschen und Zigarettenschachteln ins Grab.

Monsieur Luban schaute zu Boden, zupfte verlegen am Revers seiner Jacke, stürmte dann auf mich zu und schüttelte mir mit beiden Händen die Hand, samt dem Taschentuch darin, und sprach mir noch einmal sein herzliches Beileid aus. Er würde mich später im Café treffen, sagte er, jetzt aber habe er noch einiges mit dem Friedhof zu regeln. Weg war er.

Ich drehte mich wieder zu den anderen, immer noch die Zigarettenpackung umklammernd, zog mit zittrigen Fingern eine Zigarette hervor und warf die Packung unter allgemeinem Gejohle ins Grab.

»Auf Victoria!«, nuschelte ich, die Zigarette zwischen den Lippen.

Der Rumäne gab mir Feuer, wobei die Flamme mir fast die Augenbrauen verkohlte. Papó winkte dem Rumänen zu, der den restlichen Inhalt des Kartons ins Grab kippte. Eine Handvoll Fotografien segelte hinterher. Und bevor ich fragen konnte, was das für Bilder waren, zogen die Männer ab.

Papó hakte sich wieder bei mir unter. »Nicht mehr umdrehen!«, sagte er sehr bestimmt.

Aus dem Augenwinkel sah ich, wie die Männer Streichhölzer entzündeten und über die Schulter hinter sich warfen.

»Der Mulo mag kein Feuer. Mulo, das ist der Tod«, sagte Papó. »*Nicht* umdrehen! Wir wollen Mulo nicht mitnehmen.«

Den Rest des Weges legten wir schweigend zurück. Immer wieder schaute ich auf das Spitzentaschentuch in meiner Hand.

Ich betrat als Erste das Café Limonde. Madame Cluesa begrüßte mich mit einem strahlenden Lächeln, das, wie ich schnell merkte, eigentlich der Anzahl der Gäste galt, die hinter mir hereinkamen.

Hastig sprach sie mir ihr Beileid aus und raunte, während wir zum Salon Belvedere gingen: »Gut, dass wir den größeren Raum gewählt haben.«

Erst jetzt wurde mir klar, dass wir exakt acht Gäste waren. Als sich alle vor dem Eingang zum Salon Belvedere versammelt hatten, öffnete Madame Cluesa die gläsernen Doppeltür, mit einer Geste, als läge dahinter der Spiegelsaal von Versailles. In der Mitte des Raums stand eine gedeckte Tafel. Servietten, Tischläufer, Blumengedeck – alles war in zarten Apricottönen gehalten. Kerzen tauchten den Raum in weiches Honiglicht.

Madame Raphael drückte meine Hand. »Victoria wäre stolz auf Sie gewesen.«

Papó umarmte mich und bat darum, noch ein Gedeck und einen Stuhl bringen zu lassen. »Für deine Großmutter.«

»Tradition«, fügte Bajou hinzu.

Papó fragte mich, ob ich etwas dabeihätte, das Victoria gehört hatte. Verlegen zog ich das zerknüllte Taschentuch hervor. Bajou gab es dem Rumänen, der es stramm über eine Stuhlkante zog und recht passabel glättete. Dann legte er es auf den neunten Stuhl, den Frau Cluesa gerade an den Tisch stellen ließ.

Nachdem ich das Buffet eröffnet hatte, war eine Zeitlang nur Geschirrklappern und Gläserklirren zu hören. Gefräßige Stille, hatte Victoria das immer genannt.

Ich fragte Papó, ob ich ihm etwas zu essen bringen dürfe. Er lehnte dankend ab, ein Glas Wein würde ihm vollkommen reichen. Ich holte uns zwei kleine Stücke Pastete – falls er es sich doch anders überlegte – und zwei Gläser Wein. Papó nickte Bajou zu, der einen Teller mit Brot und ein Glas Wein an Victorias Platz stellte. Dann erhob Papó das Glas, und alle stießen auf Victoria an.

»Wir halten das Totenmahl dreimal ab«, sagte Papó. »Bei uns nennt man das Pomana. Nach der Beerdigung halten wir die erste Pomana ab, nach vierzig Tagen die zweite und nach einem Jahr die dritte und letzte, dann ist die Trauerzeit endgültig beendet.«

Ich nickte interessiert, als wäre ich in einem Volkshochschulkurs über exotische Bestattungsriten. Wir aßen, tranken, redeten, schauten traurig und lachten ausgelassen.

Wie lange wir so beisammensaßen, weiß ich nicht mehr – auch nicht, wann sich die Trauerfeier in das große Tohuwabohu verwandelte, als das sie endete. Nach dem Essen spielten die Musiker wieder. Lauter, schneller, rhythmischer. Das Hemd des Rumänen klebte dunkel an seinem Rücken, Schweißperlen flogen ihm von der Nase. Der hagere Bassist gab stöhnende Laute von sich, als hätte er starke Schmerzen. Angefeuert von Kato, so hieß der Gitarrist, stampfte der Rumäne den Rhythmus mit den Füßen, so kräftig, dass ich Angst bekam, er könnte durch die Eichendielen brechen.

Bajou legte noch einen Zahn zu. Stieg auf einen Stuhl und von da auf die Tafel. Ich gab ihm zu verstehen, dass er runterkommen solle, aber er lächelte bloß entrückt, als hätte er gerade ein Erweckungserlebnis. Madame Raphael verbarg ihre Augen hinter den Händen, ahnend, was eine Sekunde später tatsächlich passierte: Bajou krachte mit Tisch, Kuchen, Paté, Besteck, Wein, Geschirr und brennenden Kerzen zu Boden.

Die anderen spielten ungerührt weiter. Madame Cluesa stürmte in den Raum und beschimpfte uns lautstark und gestenreich. Ich fürchtete, dass sich Bajou schwer verletzt hätte, stürzte zu dem Hügel aus kaffeedurchtränktem Damast, Porzellanscherben, Besteck und Tischbeinen, doch bevor ich ihn erreichte, tauchte Bajou aus dem Trümmerhaufen wieder auf – das fleckige Tischtuch hing ihm von der Schulter wie das Cape eines Superhelden – und streckte seine Klarinette in die Höhe, was von den anderen mit begeistertem Geschrei kommentiert wurde. Er spielte weiter, wobei ich nicht sicher war, ob er wusste, was eben geschehen war.

Madame Cluesa stocherte kopfschüttelnd in den Scherben herum und zeterte, sie würde die Polizei rufen, wenn wir nicht augenblicklich Ruhe gäben. Papó lachte nur. Die ganze Zeit. Er lachte und lachte, heiter und freundlich, als würde er der Schulaufführung seiner Enkelkinder beiwohnen.

Ich wollte mich nützlich machen, half den Serviermädchen die Scherben aufzuheben, bis sich alles zu drehen begann. Ich taumelte zum schmalen Sofa an der Wand und schloss die Augen – was die Karussellfahrt nur noch beschleunigte. Sofort riss ich die Augen wieder auf. Mit Mühe erkannte ich Papó, er beugte sich über mich – ich spürte einen starken Druck nahe meinem Ellenbogen, sah bunte Lichtblitze, gefolgt von tiefer Schwärze –, und das Karussell hielt an. Die Trunkenheit blieb. Die folgenden Ereignisse sind mir, wie bei einem Diavortrag, nur als ruckelig einander folgende Einzelbilder im Gedächtnis geblieben:

Monsieur Luban – ich sehe ihn an der Fensterbank lehnen, den Blick auf seine Fußspitzen geheftet, wieder und wieder das schwarze Jackett und die Hose glattstreichend, die weißen Manschetten zurechtzupfend.

Kato, der Mann an der Gitarre – ich sehe ihn mit seinen großen Füßen über die Schwelle zum Korridor stolpern, sehe, wie er sich im Fallen dreht, um sein Instrument zu schützen, wie er auf die gebohnerten Eichendielen kracht.

Der Rumäne – ich sehe ihn schwitzend und keuchend den Takt mit den Füßen stampfen, dabei den Blick starr auf die Flasche Rotwein gerichtet, die er sich zwischen die Beine geklemmt hat und aus der er alle paar Minuten einen tiefen Schluck nimmt.

Der Bassist – dessen Namen ich vergessen habe –, ich sehe ihn vor mir, dünn und nervös, mit einem unsteten Blick, der nirgends Halt findet außer auf den

Saiten seines Instruments, das er betrachtet, als wäre es eine eifersüchtige Geliebte, die ihm nicht erlaubt, andere Menschen oder Instrumente anzusehen.

Bajou – ich sehe, wie er sein Seidenhalstuch zurechtrückt, wenn ich ihn anschaue, sehe seine weißen Zähne beim Lachen aufblitzen, als ich frage, ob wir dem Rumänen nicht die Rotweinflasche wegnehmen sollten, höre ihn glucksend antworten, »dass man eher ein Klavier aus dem Arsch eines Esels zieht, als dem Rumänen eine offene Flasche Wein zu entwenden«.

Papó – ihn sehe ich am deutlichsten, wie er dasitzt, fast greisenhaft, und Sekunden später geschmeidig seinen Körper im Rhythmus der Musik dreht, mit Augen, die wie fließendes Quecksilber glänzen und kurz darauf matt sind wie angelaufenes Blei.

Madame Raphael – ich sehe sie vorn an der Stuhlkante sitzen, die anderen aufmerksam beäugend, nicht unähnlich einer Kindergärtnerin.

Ich höre mich tief Luft holen und Papó fragen, was es mit dem Cirque perdu auf sich habe, dass ich noch nie einen solchen Zirkus erlebt hätte …

»In vierzig Tagen werden wir uns wiedersehen. Zur nächsten Pomana. Dann werde ich deine Fragen beantworten.«

Er legt ein zerschlissenes Hanfseil in meine Hand.

»Das ist deine Trauerschnur, ich bitte dich, Thaïs, dass du jeden Tag einen Knoten in diese Schnur bindest. Das ist sehr wichtig. Jeden Tag einen Knoten.

Fang heute damit an. Wenn du vierzig Knoten gebunden hast, sehen wir uns wieder. Dann werden wir die Knoten gemeinsam lösen. Dann wird sich alles lösen.«

Ich stiere auf die schmuddelige Schnur in meiner Hand und mache den ersten Knoten.

8

DIE TRAUERSCHNUR

In den ersten Tagen nach der Beerdigung kam ich mir vor wie dieser Hund, über den ich beim Friseur in Paris gelesen hatte. Er wachte, nach dem Tod seines Herrchens – der an einem Herzinfarkt gestorben war –, treu ergeben neben dem Leichnam, verließ seinen Platz immer nur kurz, um Essen aus den Küchenschränken zu zerren, Wasser aus der Toilette zu trinken. Nach zwei Wochen wurde er halb verhungert von der Feuerwehr gerettet, nachdem sich Nachbarn über den Verwesungsgeruch im Haus beschwert hatten.

Das Beispiel ist etwas melodramatisch gewählt, ich weiß, in meinem Fall fehlten der Leichnam, der Verwesungsgeruch und die Feuerwehr, dennoch war mein Verhalten dem des Hundes, ich glaube, es war ein Border Collie, irgendwie ähnlich.

Ich lag reglos im Bett meiner Großmutter, paralysiert von dem Gefühl, dass sich alles in Luft auflösen würde, sollte ich mich auch nur einmal aus dem Bett bewegen. Am ersten Tag nach der Trauerfeier war es am schlimmsten. Dem Erwachen folgte ein lautloser Kampf zwischen Übelkeit und Kopfschmerz, den im Laufe des Morgens der Kopfschmerz für sich entschied. Gegen Mittag klingelte der Makler, mit dem ich die Woche zuvor einen Termin abgemacht hatte. Ich schleppte mich nach unten, beobachtete vom Küchenfenster aus, wie er vor der Tür stand, seinen Schnauzbart kämmend, eine Mappe unter dem Arm. Ich konnte ihm nicht öffnen. Selbst Madame Raphael, die mich später anrief, wollte ich nicht sehen. »Nein, danke, momentan bitte keine Besuche. Ich melde mich. Ja, es geht mir gut. Nein, ich brauche wirklich nichts. Vielen Dank.«

Am nächsten Morgen wurde alles noch schlimmer, als ich bemerkte, dass der Cirque perdu verschwunden war. Ich stand im T-Shirt auf dem Balkon und traute meinen Augen nicht, als ich über die leere Zirkuswiese blickte. Wie durch dichten Nebel erinnerte ich mich, dass Papó davon gesprochen hatte, dass wir uns erst nach vierzig Tagen wiedersehen würden. Den Rest des Tages verbrachte ich, ebenso wie die folgenden Tage, im Bett und ernährte mich von Aspirin und Selbstmitleid.

Am fünften Morgen wurde ich von Sonnenstrahlen geweckt, die durch den Spalt der Vorhänge auf mein

Gesicht fielen. Ich reckte mich und fühlte mich besser, nicht großartig, nein, aber weniger elend als die Tage zuvor. Es war, als hätte man mir die Schläuche abgenommen und mich von der Intensivstation zurück auf mein Zimmer geschoben. Fast hatte ich ein schlechtes Gewissen, dass meine Trauerzeit so viel kürzer war als die eines Border Collie, aber ich war eben kein Hütehund – wahrscheinlich doch eher das Gegenteil: eine Rumtreiberin, wie meine Großmutter. Langsam kehrte ich wieder ins Leben zurück. Kaum hatte ich das Telefon wieder in die Buchse gesteckt, klingelte es auch schon.

»Guten Morgen, Madame Raphael!«, rief ich einigermaßen schwungvoll ins Telefon.

»Verdammt noch mal, hast du eine Vorstellung davon, wie lange ich schon versuche, dich zu erreichen?«

Daniel war am Apparat.

»Was ist eigentlich mit dir los, Thaïs?«

Ich holte tief Luft. »Vor fünf Tagen war die Beerdigung meiner Großmutter. Das ist los mit mir!«

»Das tut mir ja auch leid«, sagte er, jetzt etwas milder. »Aber warum meldest du dich nicht?«

»Ich hab dich doch angerufen, dein bekloppter Mitbewohner war am Telefon. Hat er dir nichts ausgerichtet?«

»Ein einziges Mal hast du angerufen.«

»Ich habe öfter angerufen, die anderen Male ging keiner ran«, log ich. »Und überhaupt, wie oft hast *du* denn angerufen?«

»Unzählige Male …«

»Wie oft?«, unterbrach ich ihn. »Sag es mir, wie oft?«

»Etliche Male.«

»Wie oft genau?«

»Fast täglich.«

»Dreimal, viermal?«

»Du weißt, dass ich es mit Telefonieren nicht so habe.«

»Ach ja, und wenn mir nicht nach Telefonieren ist, weil ich gerade meine letzte Verwandte unter die Erde bringen musste, reagiert der junge Herr ungehalten!«

»Es tut mir leid, das muss furchtbar für dich sein, aber sieh es mal so: Jetzt ist es ja geschafft. Wann kommst du zurück?«

»Erst muss ich die Haushaltsauflösung hinter mich bringen, du kannst dir nicht vorstellen, was für eine …«

»Was heißt denn das schon wieder? Erst muss die Erbschaft geregelt werden, dann die Beerdigung und jetzt noch die Haushaltsauflösung – du bist doch seit Wochen da unten?«

»Es sind keine Wochen, ich bin gerade mal zwölf Tage hier. Mehr nicht. Ich kann nicht so einfach das Leben meiner Großmutter in die Tonne werfen. Das ist … ich meine, war, meine Familie, mein Leben, das ist alles, was von den Leblancs noch übrig ist.«

»Du bist noch übrig. Was ist nur los?«, fügte er weinerlich hinzu. »Was ist nur los mit dir?«

»Was ist los mit *dir*? Kaum bin ich mal ein paar Tage weg, gibt's gleich eine Krise.«

»Was sagt Monsieur Braque eigentlich dazu?«

Er hatte recht. Ich hatte mich nicht bei Monsieur Braque gemeldet, obwohl ich nur ein Woche Urlaub genommen hatte.

»Keine Antwort ist auch eine Antwort. Dir scheint es da unten ja sehr gut zu gefallen … ohne mich!«

»Anstatt mir Vorhaltungen zu machen, hättest du mir helfen können. Schließlich habe ich noch nie jemanden beerdigt, noch nie einen Hausstand aufgelöst, noch nie …«

»Jetzt ist es also meine Schuld! Vielleicht hättest du dich früher um deine Großmutter kümmern sollen, wo sie deine einzige Angehörige ist …«

Ich schmiss den Hörer auf die Gabel. So heftig, dass Victorias schwarzes Telefon einen riesigen Satz von der Kommode machte, scheppernd auf dem Terrazzoboden landete, sich überschlug und schließlich einen lang anhaltenden Ton von sich gab.

»Scheiße!«, schrie ich und krallte die Finger in meine Oberschenkel.

Ohne mich um das Telefon zu kümmern, stampfte ich hoch ins Bad, ließ heißes Wasser in die Wanne laufen, stieg hinein, verbrühte mir die Füße, drehte den Kaltwasserhahn weiter auf, hüpfte fluchend von einem Bein auf das andere, ließ mich – nachdem ich das eine gefühlte Ewigkeit getan hatte – endlich in die

Wanne gleiten und war froh, dass mich die brennenden Striemen auf meinen Schenkeln von meiner Wut ablenkten.

Was ist eigentlich los mit dir, Thaïs?

Das fragte ich mich auch.

Mir kam der Steinschlag auf der Fahrt nach Arles in den Sinn. Ich hatte es gar nicht bemerkt. Anfangs war da nur ein kleiner krisseliger Punkt auf der Windschutzscheibe gewesen, dem ich keine Beachtung schenkte, bis zu dem Augenblick, als ich durch ein Schlagloch fuhr und durch die ganze Scheibe der Länge nach ein Riss zuckte mit kleinen Verzweigungen in alle Richtungen.

Wann war in meiner Beziehung zu Daniel dieser Riss entstanden? Als ich vom Tod meiner Großmutter erzählte und Daniel nie – auch nicht ein einziges Mal – auf die Idee kam, mich bei diesem schweren Gang zu begleiten, das war der Moment, in dem ich den Riss bemerkte. Wahrscheinlich war er viel früher entstanden, aber spätestens da hätte ich mit ihm darüber reden sollen, dass ich von meinem Freund Beistand in schweren Stunden erwartete – und nicht den dämlichen Hinweis, es nicht so schwer zu nehmen. Wir hätten insgesamt mehr miteinander reden sollen. Viel mehr.

In einem Punkt aber hatte Daniel recht: Auch mir schien es, als wäre seit meiner Abreise in Paris eine Ewigkeit vergangen. War es wirklich mein Herzenswunsch, den lieben langen Tag jungen und alten Bräuten Samtschleifen um die fülligen Hüften zu wickeln und Männern Manschettenknöpfe in Herzform aufzuschwatzen? Der Gedanke ließ mich frösteln. Ich kannte die Antwort.

Wann sollte ich meinen Kollegen und Freunden reinen Wein einschenken?

Ich konnte schlecht Ansichtskarten aus der Provence verschicken. »PS: Komme nicht mehr nach Paris zurück. PPS: Daniel bitte nichts sagen, will selbst mit ihm reden!«

Bei Bertrand war das unproblematisch. Er wollte im nächsten Frühjahr selbst nach Toulouse ziehen, wegen des Jobs. Claudette und Nicola würde ich es schonend beibringen müssen, sie würden im ersten Moment lange Gesichter machen. »Das ist so schade, Thaïs«, würde Nicola sagen, und Claudette würde ihr beipflichten: »Ja, so s-c-h-a-a-d-e-e-e-e!« Mit glasigen Augen würde Nicola mich in den Arm nehmen, als hätte ich gerade beide Beine verloren, und mich eine lange Minute festhalten. Claudette würde mich ebenfalls umarmen und dann, während sich unsere Köpfe berührten, würden wir alle drei vor uns hin schluchzen, bis eine der beiden trotzig ausrufen würde: »Aber keine Angst, wir kommen dich besuchen – ganz oft!« – »Ja, ganz oft, versprochen«, würden sie im Chor rufen. Und nach der ersten Trauer würde Freude aufkommen über die neue kostenlose Unterkunft in der Provence.

»Bei Daniel wird es nicht so einfach werden«, sagte

ich laut. Ich trocknete mich ab und schaltete das Kofferradio ein. Them spielten *It's all over now, Baby Blue*. Ich setzte mich auf den Wannenrand und lauschte Van Morrison:

There's something that calls for you
Forget the debt you left that will not follow you

Nach dem Morgenkaffee schrieb ich in meiner saubersten Handschrift einen Brief an Monsieur Braque, in dem ich mich für die vielen Dinge bedankte, die ich bei ihm gelernt hatte (obwohl mir kaum etwas einfiel) und ihn um meine Kündigung bat, weil ich mich jetzt verstärkt um meine Familie kümmern müsste. (Ihm würde bestimmt nicht auffallen, dass ich gar keine Familie mehr hatte.) Nachdem ich meine Unterschrift unter den Brief gesetzt hatte, strich ich im Briefkopf Victorias Vornamen durch und schrieb meinen eigenen darüber. Mit einem erleichterten Seufzer stieg ich ins Auto und fuhr zum Postamt in der Rue Surlime, warf meinen Brief an Braque Brautmoden in den Postkasten und grinste dabei wie ein Politiker, der im Blitzlichtgewitter der Fotografen seinen Stimmzettel in der Wahlurne versenkt. Dann ging es weiter zum Café Limonde, wo ich meine Schulden begleichen wollte. Madame Cluesa hatte mir eine saftige Rechnung geschickt, über die wir am Telefon lautstark gestritten hatten. Ich würde einen Schlusspunkt unter diese leidige Angelegenheit setzen.

Im Gastraum kauerte ein altes Paar schweigend über seinem Tee. Um mir die Zeit zu vertreiben, begann ich die Menükarte zu studieren und las mir die lange Liste der Kaffeespezialitäten durch. Als ich beim Café brulot angekommen war – Cognac mit Zucker flambiert und mit Kaffee aufgegossen –, betrat die Dame des Hauses mit zackigen Schritten den Raum, das Kinn kämpferisch in die Höhe gereckt.

»Mademoiselle«, rief sie von weitem, ohne sich mit einer Begrüßung aufzuhalten, »wir hatten ja bereits am Telefon gesprochen. Ich nehme an, es geht um die Bezahlung, richtig? Falls nein, müsste ich Ihnen …«

»Ja, ja, es geht um die Bezahlung.«

Sie blickte auf das knittrige Kuvert, als hätte ihr die Hauskatze eine tote Maus vor die Füße gelegt.

»Zählen Sie bitte nach.«

»Waren das eigentlich gebuchte Musiker?«, fragte sie, ohne von den Banknoten aufzublicken. »Oder waren die Herren Bekannte von Ihnen?«

»Freunde«, antwortete ich.

Beim Zählen bewegte sie die Lippen. »Was Ihre Freunde angeht, sollten Sie vielleicht etwas wählerischer sein. Solche Leute sind kein Umgang für eine junge Dame.«

»Weil einer der Tische zu Bruch gegangen ist?«

»Glauben Sie mir, hier in der Gegend gibt es viele von denen. Man begegnete ihnen überall. Und man kommt sehr schnell in Verruf – besonders als junge unverheiratete Frau.«

»Das sind Freunde meiner verstorbenen Großmutter …«

»Ich weiß, wovon ich rede, Mademoiselle. Ich habe eine Tochter, etwas älter als Sie, die ebenfalls Kontakt mit diesen Leuten pflegte. Sie wollte auch nicht auf mich hören …«

»Ach, ja?«, rief ich. »Darf ich Sie daran erinnern, dass ich nicht Ihre Tochter bin?«

»Richtig, Mademoiselle, Sie sind nicht meine Tochter, meine Tochter wohnt wieder bei mir – mit einem zerschnittenen Gesicht. Entstellt bis an ihr Lebensende.« Sie stopfte die Scheine in ihr riesiges Portemonnaie. »Ich sage Ihnen, diese Leute feiern nicht nur anders, sie *sind* anders – in jeder Beziehung.« Ihr Blick wurde etwas weicher. »Ich meine es nur gut mit Ihnen, Mademoiselle, wirklich.«

Da war sie wieder, die Erinnerung. Ich fuhr mit den Fingerspitzen unter meinen Ärmel und berührte die wellige Haut auf meinem Unterarm.

»Das wird dich daran erinnern«, hatte meine Großmutter damals gesagt, als sie die Narbe inspizierte, »dass nicht alle Menschen das Fremde lieben.«

Ja, ich hatte es fast vergessen: Nicht alle Menschen lieben das Fremde.

Es war in Biarritz gewesen, wo Victoria mit dem Zirkus Beck gastierte. Wir Kinder sollten Handzettel an der großen Promenade verteilen. Als Ältester hatte mir Victoria die Aufgabe zugedacht, die anderen »im Zaum« zu halten, wie sie sich ausdrückte. Eine willkommene Abwechslung, dachte ich, jetzt konnte *ich* mal herumkommandieren.

Alle waren ausgelassener Stimmung, alberten herum, imponierten den Passanten mit Saltos, Flickflacks und eingesprungenen Spagats. Der kleine Borges, Sohn des Dompteurs, war erst traurig gewesen, weil er das Löwenbaby seines Vaters nicht mitnehmen durfte, doch als ich ihm die lange Longierpeitsche überließ und er Direktor spielen konnte, war er glücklich.

Kurz bevor wir zurückwollten, passierte es: Ich hatte gerade das letzte Paket Flugblätter aufgerissen, als sich Babette, die drei Minuten Ältere der beiden Monrose-Zwillinge, an einem der Souvenirstände eine Ansichtskarte nahm – sie wollte sie ihrer Schwester zeigen. Kaum hatte sie sich zwei Schritte entfernt, schoss ein stämmiger Kerl hinter dem Stand hervor, brüllte etwas von »Diebespack« und rannte mit geballten Fäusten auf Babette los, die sich furchtbar erschrak und mit den anderen davonlief. Ich verstand nicht, was der Kerl eigentlich von uns wollte, weshalb ich mich auch nicht vom Fleck bewegte. Ich rief dem kleinen Borges zu, der zwischen mir und dem Verrückten stand, er solle zu mir kommen, was er aber nicht tat. Stattdessen schnitt er mir Grimassen. Als ich sah, dass der Kerl seinen Gürtel aus der Hose zog und wild über dem Kopf schwang, schrie ich laut – aber Borges machte weiter seine Grimassen. Noch heute klingt mir das pfeifende Geräusch in den Ohren, als die Koppel über den Kopf des Jungen sauste.

Was danach kam, weiß ich nicht mehr genau. Ich bin auf den Verrückten losgegangen, der mich mit etwas Scharfem am Arm traf. Danach erinnere mich nur noch an ein riesiges Durcheinander, bei dem abwechselnd getreten, geschlagen, geschubst, getröstet und gestreichelt wurde: Passanten schrien, Hunde bellten, Haare wurden ausgerissen, Limonadenflaschen zersplitterten, und dann war da noch eine zerknickte Ansichtskarte, die sich alle immer wieder aus den Händen rissen.

Am Ende landeten der kleine Borges und ich im Hôpital Bergerée, wo er am Kopf genäht wurde und ich am Arm. Kurz bevor wir das Spital verlassen durften, tauchten zwei Polizisten auf. Die beiden raunzten uns an, dass wir sofort unsere Taschen leeren sollten. Ich werde nicht vergessen, wie der kleine Borges weinte: Die Lippen aufeinandergepresst, liefen ihm die Tränen herunter, ohne dass er einen Ton von sich gab. Nie erfuhr ich, welche Verletzung ihn mehr schmerzte, die seines Kopfes oder die seines Stolzes.

Nicht alle Menschen lieben das Fremde.

Grußlos verließ ich das Café. Am liebsten wäre ich mit meinem Wagen direkt in die Fensterfront des Limone gerast, fuhr aber stattdessen kreuz und quer durch die Stadt, drehte die Musik auf, sang schreiend jedes noch so blöde Lied mit und bemühte mich nach Leibeskräften, fremd und anstößig zu wirken – was mir erstaunlich gut gelang. An den Kreuzungen folgte ich einfach den größten Schildern, ganz gleich, wohin sie mich führten. Raste umher, landete auf der D 570 in Richtung Süden, fuhr zum Mündungstal der Rhone. Die Umgebung wandelte sich mit jedem Kilometer, irgendwann war um mich herum nur noch Licht und Natur. Bis zum Meer waren es vielleicht noch achtzig Kilometer. Ich beruhigte mich und schaltete das Radio aus.

Warum war ich nicht früher auf die Idee gekommen, ans Meer zu fahren? Nun ja, Trauerzeit ist eben keine Ferienzeit. Auf einer der nahen Wasserflächen stieg ein Schwarm großer Wasservögel auf, Flamingos vielleicht oder Reiher. Sie flogen Richtung Horizont, wo eine bleierne Wand aufzog, die schnell näher zu kommen schien. Gerade als ich überlegte, ob es vielleicht besser wäre, das Verdeck zu schließen, spürte ich die ersten Tropfen. Schnell hielt ich unter einer ausladenden Pinie, schloss das Verdeck, setzte mich in den Wagen und beobachtete, wie Himmel und Landschaft in einem warmen Sandelholzton verschwammen. Als der Regen etwas nachgelassen hatte, startete ich den Motor und fuhr nach Arles zurück. Das Meer musste warten.

Der Makler hatte mir vor ein paar Tagen einen Zettel unter der Tür hindurchgeschoben, auf dem zu lesen war, dass er es heute um fünf Uhr ein letztes Mal versuchen würde. Eine halbe Stunde vor diesem Termin erreichte ich das Haus und wollte die Zeit nutzen, um noch ein wenig für Ordnung zu sorgen. Ich lief direkt in die Küche, zog mir die gelben Gummihandschuhe und Victorias Küchenkittel über und ließ heißes Wasser in die Spüle laufen. Gerade war ich dabei, Marmeladenreste vom Tisch zu wischen, als es an der Tür klingelte, viel zu früh. Entnervt rannte ich in den Flur und riss die Tür auf.

Daniel stand vor mir.

Ich schaute ihn entgeistert an. Er schaute mich entgeistert an.

»Hallo, Thaïs«, sagte er, und es klang wie eine Frage.

»Daniel!«

»Immerhin kannst du dich noch an meinen Namen erinnern.«

Nach einem kräftigen Ruck schnalzte der rechte Gummihandschuh ab. Hastig gab ich Daniel einen Kuss.

»Komm doch herein. Wie du siehst, bin ich gerade am Putzen.« Ich lachte aufgesetzt.

»Ich wollte dich auf frischer Tat ertappen …«

Er gab mir einen Kuss auf den Hals. Ich wand mich aus seiner Umarmung.

»In flagranti mit einem Rentner aus der Nachbarschaft, oder was hast du dir vorgestellt?«

»So in etwa.«

»Tut mir leid, der letzte Rentner ist gerade gegangen – zurück unter sein Sauerstoffzelt.«

Früher hatte ich Freude an solchen Frotzeleien gehabt. Früher hatte ich mich gut dabei gefühlt. Jetzt fühlte es sich falsch an. Ich begriff, dass nichts mehr war wie früher. Die Zeit hielt sich nicht an den Takt des Sekundenzeigers. Sie machte einen Sprung nach vorne, in die Zukunft. Mich fröstelte bei dem Gedanken, dass alles, was gerade geschah, bereits Vergangenheit war und nur auf den Punkt zulief, an dem wir auseinandergingen und uns trennten. Der Moment, in dem die Vergangenheit die Zukunft eingeholt hätte und ich wieder in der Gegenwart angelangt wäre. Ich hätte heulen können, als ich begriff, dass jetzt schon nichts mehr daran zu ändern war: Wir trennen uns. Ich wusste es. Er nicht.

»Komm doch rein!«

Wir gingen in die Küche. Daniel schaute sich um, als wären wir im Naturkundemuseum. »Das sind sie also, die heiligen Hallen der unglaublichen Madame Victoria!«

»Der unvergleichlichen Madame Victoria«, verbesserte ich ihn. »›Unglaublich‹ war bereits vergeben an den unglaublichen Bellini, Großmutter musste sich mit ›unvergleichlich‹ begnügen.«

»Die unmögliche Madame Victoria wäre auch hübsch.«

»Hat sie in Erwägung gezogen …«

Daniel trat auf mich zu, rasch öffnete ich die Tür zur Abseite, wo ich mich umständlich der Schürze entledigte.

»Du bist etwas seltsam, chérie.«

»Ich weiß nicht, was du meinst.«

»Ich bin achthundert Kilometer gefahren, um mich

mit dir zu versöhnen. Achthundert Kilometer ohne Pause. Ich dachte, du würdest dich freuen! Was ich will? Für den Anfang würde mir schon eine richtige Begrüßung reichen.«

Er hatte recht. Ich benahm mich unmöglich. »Tut mir leid«, flüsterte ich ihm ins Ohr. »Schön, dass du gekommen bist.«

»Ich habe Hunger«, sagte er lächelnd, »riesigen Hunger.«

»Dann lass uns essen gehen. Ich muss nur schnell einen Makler durchs Haus führen, er kommt jede Minute. Dauert nicht lange.«

»Dann hol ich mal meine Sachen aus dem Wagen.«

Ich war gerade dabei, das Bett im Gästezimmer zu beziehen, als Daniel wieder die Tür öffnete. »Wo steckst du?«

»Hier oben«, rief ich, »am Ende des Flurs.«

Daniel kam hoch, blieb in der Mitte des leeren Zimmers stehen, knallte seine Tasche auf den Boden und sagte in seinem Achtung-jetzt-kommt-ein-Witz-Tonfall: »Ist das dein Zimmer? Du musst eine ziemlich spartanische Jugend gehabt haben.«

»Ich habe hier keine Jugend verbracht. Wenn du zum Einschlafen eine Puppe brauchst, finde ich in den Müllsäcken sicher etwas für dich.«

Er zog mich an sich. »Vielen Dank. Kein Bedarf.«

Es klingelte.

»Der Makler.« Ich lächelte gequält und lief die Treppe runter.

»Guten Tag! Mademoiselle Leblanc, nehme ich an, wir sind verabredet: Bardon Lassalle, Hausmakler seit 1966.«

»Möchten Sie etwas trinken?«

»Danke, nein, machen Sie sich bitte keine Umstände.« Er klappte seine lederne Schreibmappe auf und zupfte einen Kugelschreiber aus der Brusttasche hervor.

Wir gingen ins Wohnzimmer, er blieb am Fenster zur Terrasse stehen.

»Das große Grundstück gehört zum Haus, sagten Sie am Telefon?«

»Ja, ich habe nachgesehen, es ist auf der Flurkarte verzeichnet.«

»Sehr schön, Mademoiselle.« Er nickte. Mit strengem Blick öffnete und schloss er Fenster und Terrassentür, wippte auf dem Parkett und notierte sich, wo es knarrte.

Oben wiederholte sich das Schauspiel. Monsieur Lassalle lief geradewegs zu den Fenstern: öffnen, schließen, öffnen, schließen. Ich fragte mich, ob er das Haus verkaufen wollte oder nur die Fenster. Dann wippte er wieder auf den Dielen herum.

»Alle Fenster und Türen müssen neu gemacht werden. Das wird den Preis drücken.«

Energisch klappte er seine Schreibmappe zu. Nachdem ich ihm versichert hatte, dass die beiden Bäder unten und im ersten Stock praktisch identisch seien, was glatt gelogen war, endete die Hausführung in der

Küche, wo er mit großer Geste seine Visitenkarte auf den Tisch schnappte.

»Haben Sie schon einen Käufer im Auge?«, fragte ich ihn.

Statt zu antworten, begann er über die schwierige Marktsituation zu lamentieren, an der die Energiekrise schuld sei.

Von oben schrie Daniel: »Ist er noch da?«

»Monsieur Lassalle wird uns gleich verlassen!«, rief ich, lauter als nötig.

»Nur noch ein paar wenige Fragen«, sagte er und leierte eine lange Liste herunter.

Ich hielt meine Antworten so knapp wie möglich, bis er den erlösenden Satz murmelte. »So, das wär's dann fürs Erste.«

Nachdem ich zum Abschied seine große fleischige Hand schütteln durfte, schmiss ich die Tür hinter ihm zu und warf seine Visitenkarte in einen Müllsack.

Mein Entschluss stand fest, ich würde das Haus nicht verkaufen. Jetzt musste ich nur noch Daniel reinen Wein einschenken.

Genau in diesem Augenblick kam er die Treppe heruntergepoltert, die letzten vier Stufen auf einmal nehmend.

»Fertig!«

Wie ein Zehnjähriger, dachte ich.

Er machte ein langes Gesicht. »Ich dachte, du machst dich schick?«

»Eigentlich wollte ich dir ...« Ich schaute ihn an

und änderte meine Meinung. »Gib mir zehn Minuten!«

Eine halbe Stunde später fuhren wir zum Chez Catherine, einem wohnzimmergroßen Bistro mit dem, laut Madame Raphael, besten Couscous der Stadt. Der winzige Gastraum war gefüllt mit bläulichem Zigarettenrauch, orientalischer Musik und den barschen Kommandos von Catherine, die ihre Kellner umherscheuchte und sich mit ihrem algerischen Mann Kemal stritt. Ich nahm Huhn mit frischen Feigen, Daniel Couscous mit hausgemachter Merguez, dazu bestellten wir algerischen Rotwein.

Freundlich sein, gute Stimmung machen und bei der ersten Gelegenheit mit der Wahrheit rausrücken – das war mein Plan.

Ich nahm einen kräftigen Schluck Wein und holte tief Luft: »Daniel …«

Er hob das Glas, legte seine Hand auf meinen Oberschenkel und schmetterte: »Auf einen schönen Abend und dass wir bald wieder viele solcher schönen Abende haben!«

Der Plan, Daniel bei diesem Abendessen von meinen Umzugsabsichten zu erzählen, war sicherlich nie genial gewesen, aber jetzt, wo seine warme Hand auf meinem Oberschenkel lag, wurde mir erst richtig klar, wie dämlich er war.

Zeitmessung und Zeitempfinden sind zwei Paar Schuhe. Nicht nur für mich. Auch für Daniel. Das Essen hier war für ihn bereits vollendete Gegenwart. Er fieberte dem »gemütlichen Teil« des Abends entgegen. Hätte ich jetzt die Rechnung bestellt, uns noch eine Flasche Wein einpacken lassen – er wäre begeistert gewesen und liebend gern in die Zeit gesprungen, die er herbeisehnte: wir beide nackt in einem schmalen Gästebett.

Der Kellner brachte den Hauptgang. Daniel bestellte noch eine Karaffe Wein. Wir schwärmten jeweils über das Gericht des anderen, tauschten Belanglosigkeiten aus. Ich lachte übertrieben laut, klang wie der Obdachlose in Paris, der auf meinem Weg zur Metrostation am schmiedeeisernen Gitter kampierte und, wenn ich morgens an ihm vorbeiging, plötzlich ohrenbetäubend auflachte, um sich dann wieder trübsinnig neben seinen verbeulten Einkaufswagen zu hocken.

Daniel machte sich über die anderen Gäste lustig. Er machte sich über seinen Bruder lustig. Er machte sich über seinen Chef lustig. Und ich lachte. Weil seine Boshaftigkeit witzig war, weil die Situation so absurd war. Weil mir nichts anderes einfiel. Mir wurde klar, dass ich es unter diesen Umständen nicht fertigbrächte, ihm zu sagen, dass ich nicht mehr nach Paris zurückkehren würde.

Planänderung. Ich wollte den Dingen ihren Lauf lassen. Darauf hoffen, dass Daniel von selbst merkte, dass meine Zukunft hier war und nicht in Paris. Ich machte mich über meinen Chef lustig. Ich machte mich über meine Kollegen lustig. Ich machte mich über die Pariser lustig. Und Daniel lachte. Ich bestellte noch eine Karaffe Wein.

Planänderung. Ich wollte mich nur noch besaufen. Der Wein kam, ich trank. Nachdem ich kapituliert hatte, ging es mir besser. Wir bestellten Kaffee. Dessert. Ich lachte, dachte, was für ein schöner Abend – und erschrak darüber. Als ich Daniel einen langen Kuss gab, erschrak ich auch darüber. Ich erschrak, wie gut es sich anfühlte. Nostalgie, dachte ich. Das hier war ja vollendete Gegenwart. Aber warum sollte ich nicht noch einmal für eine Nacht mein altes Leben genießen? So wie man gerne Schwarzweißfilme anschaut oder sein Lieblingsstofftier nicht wegschmeißt. Nicht immer alles in Frage stellen, sagte ich mir. Ruhig einmal tun, was alle tun. Gedankenlos.

Wir teilten uns den Mandelpudding, den uns Catherine mit der Rechnung brachte. Daniel reichte mir seinen Löffel und lächelte mich an. Ich strahlte zurück, so, als wären wir das glücklichste Paar der Welt. Und in der vollendeten Gegenwart, in der wir uns gerade befanden, stimmte das sogar.

Planänderung. Ich wollte mit ihm schlafen. Wir nahmen ein Taxi. Die Wunderbäume, die am Rückspiegel baumelten, beförderten mich für einen kurzen Moment ins Jetzt. Daniel streichelte die Kuhle in meiner Armbeuge, er kannte meinen Stellen. Gemeinsam drängten wir uns durch die Haustür. Ich lachte und lachte, als müsste ich Versäumtes aufholen. Oben küssten wir uns, zogen uns langsam die Kleider vom

Körper, lagen kurz darauf im schmalen Bett. Mein Geist verließ meinen Körper, unternahm eine Zeitreise, zurück in die Zeit, als ich mit Daniel glücklich war. Ich spürte, wie ein Schauer sachte meinen Körper durchfuhr, griff Daniel in die Haare, spürte ihn in mir und hörte ihn schwerer atmen. Kleine bunte Leuchtkugeln explodierten in meinem Kopf. Egal. Alles egal. Dies war die Vergangenheit. Und sie war schön. Meine Zukunft lag nebenan im Zimmer meiner Großmutter, ein kurzer Strick unter dem Kopfkissen, knapp einen Meter lang.

Er legte seinen Kopf an meine Schulter, streichelte meinen Arm. Dann sagte er, was er noch nie gesagt hatte, das, was ich mir immer gewünscht hatte, aber jetzt nicht mehr hören wollte: »Ich liebe dich.«

Anstatt etwas zu sagen, griff ich ihm in sein weiches Haar, streichelte sein Gesicht, küsste seine Stirn, bis er eingeschlafen war.

Ich starrte zur Decke. Der alte Schwarzweißfilm war zu Ende. Ich weinte. Dabei muss ich irgendwann eingeschlafen sein.

Am nächsten Morgen war Daniel vor mir wach, ich hörte ihn im Bad. Schnell schlich ich in Victorias Zimmer, knotete hastig die Trauerschnur, fühlte mich schrecklich dabei. Es war, als würde ich in diesem Moment alle betrügen: Victoria, Daniel, Papó, mich selbst. Rasch lief ich hinunter, machte Kaffee und röstete im Ofen etwas Brot vom Vortag. Wir aßen das Brot dick mit Butter und Madame Raphaels Aprikosenkonfitüre.

»Ich werde nicht mit dir nach Paris fahren«, sagte ich ohne jede Unsicherheit in der Stimme.

»Und wann kommst du dann?«

»Ich werde in Arles bleiben.«

Er kaute weiter, sah kurz zu mir auf.

»Ich bleibe hier, hier in Arles. Hier im Haus. Den Job bei Braque habe ich gekündigt.«

»Ich verstehe nicht …«

»Ich werde meine Wohnung in Paris auflösen und ziehe hierher, wir könnten zusammen …«

»Du verarschst mich«, unterbrach er mich.

»Daniel, ich kann nicht mehr in Paris leben. Das muss aber nicht bedeuten, dass wir beide nicht …«

»Nein, du verarschst mich nicht«, unterbrach er mich. »Ich sehe es dir an.« Er warf seine Scheibe Brot auf den Tisch.

»Lass mich bitte erklären …«

»Das glaub ich ja nicht. Wir verbringen den Abend miteinander, schmieden Zukunftspläne, lieben uns – und du verlierst kein Wort darüber, dass du mich verlassen willst?«

»Wann haben wir gestern über Zukunftspläne gesprochen?«

»Und jetzt, zwischen Frühstück und Abwasch, lässt du so nebenbei fallen, dass du dich trennen willst?«

»Wir trennen uns nicht, Daniel, ich ziehe nur um – mehr nicht, das heißt doch nicht, dass wir nicht …«

»*Freunde* bleiben können? Hast du jemanden kennengelernt?«

»Nein, Daniel, habe ich nicht. Aber hier habe ich ein Haus, eine echte Freundin, hier ist das Grab meiner Großmutter – in Paris habe ich nichts, dort bin ich nur …«

»Ah ja, ich bin also *nichts* für dich.«

»Aber mit dir hat das doch gar nichts zu tun.«

»Den Eindruck hab ich auch. Ich komme gar nicht mehr vor. Wenigstens ehrlich könntest du sein. Du musst einen anderen haben. Und ich bin so blöd und merke nichts.«

Ich senkte den Blick, um ihn durch meine Gefasstheit nicht noch mehr aufzuregen.

»Von wegen Beerdigung deiner Großmutter. Unsere Beziehung wolltest du beerdigen. Du hast den Tod deiner Großmutter nur als Vorwand benutzt …«

»Es ist eine Entscheidung für einen Ort – nicht gegen einen Menschen.«

»Und ich Idiot fahre extra her, um mich zu entschuldigen. Nur damit du mich jetzt abservierst!«

»So ist das nicht.«

»Wie kann man nur so blöd sein.«

»Du bist nicht blöd.«

»Red nicht wie meine Mutter mit mir!«

»Tut mir leid.«

»Und mir erst.«

»Ich habe nichts von Trennung gesagt, nur, dass ich hier herziehen will.«

»Welch feinsinniger Unterschied.«

Ich hätte über die Vorteile einer Fernbeziehung sprechen können, dass es Tausende Paare gab, die so lebten. Glückliche Beziehungen. Aber wir hatten keine Beziehung mehr. Ich musste weinen, war erleichtert, weil die Tränen doch zeigten, dass ich hier das Opfer war und nicht die Täterin, die gerade eine glückliche Beziehung zerstört hatte.

Keiner von uns sprach ein Wort. Mit jeder Sekunde wurde deutlicher, dass es aus war. Diesmal machte die Zeit keinen Sprung. Sie krallte sich in den Sekunden fest, zog sie unendlich in die Länge. Ich sah Daniel aufstehen mit gesenktem Kopf und hoffte, er würde mich in den Arm nehmen, mir sanft ins Ohr flüstern, dass er mich verstehen könne und wir immer Freunde bleiben würden – irgendetwas, das mich vergessen ließ, was für ein herzloses Biest ich war.

Wortlos verließ er die Küche und ging nach oben. Wenig später stand er wieder in der Küchentür, die Reisetasche in der Hand und schien etwas sagen zu wollen. Drehte sich dann aber abrupt um und schlug die Haustür mit solcher Wucht ins Schloss, dass der Türgriff scheppernd zu Boden fiel.

In Kino wäre nicht einmal genug Zeit geblieben, um die Szene mit melancholischer Klaviermusik zu untermalen, so schnell war alles gegangen. Im letzten Liebesfilm, den ich gesehen hatte – mit Daniel, übrigens –, dauerte der Streit um das Frühstücksei länger als unsere ganze Trennung.

Daniels Brotscheibe lag noch in der Mitte des Tisches. Ich legte sie auf einen Teller, schob die verstreuten Krümel in meine Handfläche, warf die Krümel ins Spülbecken, drehte den Wasserhahn auf und beobachtete, wie sie in einem gurgelnden Strudel verschwanden.

9

AM ENDE DER SCHNUR

Die Knoten in der Trauerschnur waren meine neue Zeitrechnung. Als ich Victoria zu Grabe trug, band ich den ersten Knoten in die Schnur, sieben Knoten später kam die Trennung von Daniel, fünf Knoten danach erhielt ich ein Paket und erkannte an der schrecklichen Klaue Daniel als Absender. In einem schäbigen Schuhkarton lagen zwei Bücher: *Der Steppenwolf* von Hermann Hesse und – wie passend – *Die Kunst des Liebens* von Erich Fromm. Daneben die amerikanische Armbanduhr, eine dreieckige Hamilton aus den Fünfzigern, die ich ihm an unserem ersten Jahrestag geschenkt hatte. Er hatte sie wie einen Fisch in eine alte *L'Équipe* gewickelt, die Sportzeitung seines Vertrauens. Kein Brief, kein Gruß. Was wohl bedeuten sollte: Scher dich zum Teufel, Thaïs Leblanc! Einen Moment war ich getroffen, dann antwortete ich leise: »Fahr zur Hölle, Daniel Rousseau!«

An der Art, wie ich die Knoten band, konnte ich später meine Stimmung ablesen. An wichtigen Tagen band ich, statt eines einfachen Knotens, einen Doppel- oder Dreifachknoten. Die Kraft, mit der ich die Knoten zuzog, verriet meine Gemütslage. Je schlechter der Tag, umso fester der Knoten. Der erste Knoten – bei der Beerdigung von Victoria – war ein lockerer Dreifachknoten, die Trennung von Daniel ein festgezurrter Doppelknoten. (Die Ehre eines Dreifachknotens konnte ich ihm nicht zuteilwerden lassen.) Einen weiteren, ebenfalls sehr festen Doppelknoten gab es für Daniels Paket. Der nächste Dreierknoten folgte zwölf Knoten später, am Tag, als ich nach Paris fuhr, um mein Apartment auszuräumen. (Ich vermied das Wort: Haushaltsauflösung.) Zwei aufeinanderfolgende Knoten dauerte es, mein gesamtes Hab und Gut in Umzugskisten zu verstauen und sie von der Spedition abholen zu lassen.

Mein Abschiedsabend mit den Freundinnen endete, wie ich erwartet hatte, in rührseligen Beteuerungen, einander häufig zu schreiben und noch häufiger zu telefonieren, sich zu besuchen und niemals aus den Augen zu verlieren. Sie betonten, wie gut sie meine Entscheidung verstehen würden, was mich irritierte – konnte ich doch selbst kaum erklären, warum ich nach Arles zog. Wahrscheinlich traf Claudette den Nagel auf den Kopf, als sie meinte, jeder würde doch die

Sehnsucht in sich spüren, noch einmal von vorne zu beginnen, aber die Angst vor dem Ungewissen würde die meisten Menschen davon abhalten. Wir starrten für eine Sekunde ins Leere und wechselten dann schnell das Thema. Claudettes Worte waren mir unangenehm, weil sie mich zu einer Art heroischer Außenseiterin machten, die ich nicht sein wollte: die Frau, die ein neues Leben begann. Ich war froh, am nächsten Tag Paris verlassen zu können.

Madame Raphael hatte von mir die Schlüssel für das Haus bekommen, damit sie nach dem Rechten schauen konnte. Bei meiner Ankunft empfingen mich auf dem Küchentisch ein Strauß Gladiolen und ein Salat à la Marocaine, was mir das Gefühl gab, die richtige Entscheidung getroffen zu haben. An den folgenden Tagen band ich eine Reihe freundlich-lockerer Einzelknoten.

Sechs Knoten nach meiner Rückkehr aus Paris brachten die Männer von der Spedition zwei Dutzend Kartons und die wenigen Möbel, die ich nicht an Freunde verschenkt hatte. Gegen ein kleines Trinkgeld zerlegten sie das Gästebett und trugen es aus dem Haus. Das Bettzeug warf ich in die Mülltonne und putzte das Zimmer danach so gründlich, als ginge es darum, die Spuren einer Bluttat zu beseitigen. In den restlichen Zimmern und Fluren stapelten sich jeden Tag mehr zugeklebte Plastikmüllsäcke und Bettwäschebündel. Nur Victorias Schlafzimmer und das Bad ließ ich unberührt.

Neununddreißig Knoten hatte ich gebunden und spürte Nervosität, als ich das kurze Stück Schnur betrachtete, auf dem der letzte Knoten Platz finden sollte. Was, wenn Papó und sein Clan nicht auftauchten? Ich musste mir eingestehen, dass mit dem letzten Knoten auch meine Zukunftsplanung endete. Sollte ich mir nicht langsam eine neue Arbeit suchen oder mich zumindest um einen Job für den Übergang bemühen?

Den vorletzten Knoten hatte ich gestern gebunden. Dabei dachte ich an Victoria, so wie Papó es mir aufgetragen hatte, im Guten wie im Schlechten, erinnerte mich an ihr Problem mit dem Trinken, das in den letzten Jahren immer größer geworden war – so wie ihre Begründungen, warum sie trank, immer absurder wurden. Bei einem meiner letzten Besuche begründete sie ihrer Wodkakonsum damit, dass sie Trost brauche, weil Royal Highness im Sterben liege, dann plagte sie eine Infektion im Mund – gegen die nur Alkohol helfen würde –, anschließend hatte sie ein Verdauungsproblem, und danach gab es etwas zu feiern: den Geburtstag eines ihrer Pferde. Lauter Geschichten, die sie mir an nur einem Wochenende auftischte und die mir erst durch die Trauerschnur wieder eingefallen waren.

Ich steckte die Schnur unter mein Kopfkissen, ließ die Hand eine Sekunde darauf ruhen. Dann machte ich mich fertig und ging hinunter in die Küche. Ich setzte mich mit einem selbstgebackenen Keks von Madame

Raphael ins Fenster und wartete auf das Pfeifen des Kessels, als ich ein Auto hupen hörte. Erst glaubte ich, das Geräusch würde von der Straße kommen, doch dann bemerkte ich, dass es aus der anderen Richtung, von der Wiese, kam. Ich stopfte mir den Keks in den Mund und sprang zur Küchentür hinaus. Vor den Bäumen kurvte eine alte Limousine herum, die Farbe undefinierbar, taubenblau-grau-beige, die Stoßstange hing an einer Seite herunter.

»He!«, schrie ich. Der Wagen fuhr weiter. Die Sonne spiegelte sich in der Windschutzscheibe, der Fahrer war nicht zu erkennen, aber ich sah, wie die Scheibe runtergekurbelt wurde. Eine leere Weinflasche flog durch die Luft und zerschlug klirrend auf einem Stein. Ich schrie noch einmal, so laut ich konnte, und rannte auf den Wagen zu. Der Wagen wurde langsamer, änderte die Richtung, bis er schließlich zwanzig Meter vor mir zum Stehen kam. Die Fahrertür sprang auf, eine blutverschmierte Hand griff zum Fensterholm, dann fiel ein Mann aus dem Wagen und blieb bäuchlings liegen.

Kein Zweifel, der Berg im Gras war der Rumäne. Kurz bevor ich ihn erreichte, drehte er sich auf den Rücken: Sein Mund war halb geöffnet, in einer Hand hielt er eine Flasche, aus der Rotwein ins Gras sickerte. Er begann zu schnarchen. Verdammter Saufkopf. Ich untersuchte ihn und fand schließlich die Wunde: ein Schnitt über dem Ohr, nicht tief, es blutete auch nicht mehr. Ein Glück, dachte ich, sonst hätte ich den Koloss auch noch ins Krankenhaus schaffen müssen.

Ich setzte mich ins Gras. Der Cirque perdu war zurückgekehrt – wenn auch etwas anders, als ich mir das vorgestellt hatte. Wo waren die anderen? Mich beschlich das ungute Gefühl, dass Papó und Bajou nicht kommen würden.

Die Sonne schien dem Rumänen ins Gesicht, eine bunt schillernde Schmeißfliege setzte sich brummend auf seine Wange, lief hinab zur Unterlippe, angezogen von etwas Klebrigen, das ihm aus dem Mundwinkel gelaufen war.

Ich beugte mich zu ihm hinunter und verscheuchte die Fliege: »Wo sind die anderen?«

Keine Reaktion. Auf einmal kam mir der Gedanke, dass Papó sich vielleicht irgendwo versteckte und mich beobachtete, dass es sich um eine Art Probe handelte. Ich spähte hinüber zum Waldsaum – aber niemand war zu sehen. Unschlüssig betrachtete ich den Rumänen. Es war Oktober, die Sonne konnte also nicht mehr viel Schaden anrichten, und wegtragen konnte ich ihn ohnehin nicht allein. Ich schaute noch ein letztes Mal in alle Richtungen, aber die Wiese blieb leer. Mit den Händen in den Taschen, leise vor mich hin fluchend, stapfte ich zum Haus zurück.

Nachdem ich einige Stunden damit verbracht hatte, mir den Kopf darüber zu zerbrechen, warum der Rumäne allein gekommen war, begann ich mit den Vorbereitungen für das Abendessen. Ich schnitt Tomaten, würfelte Ziegenkäse, schob alles in den Ofen, um gewappnet zu sein, falls der Rumäne erwachte – vermutlich sehr hungrig, wie immer. Ich beobachtete gerade, wie der Ziegenkäse braune Blasen schlug, als ein gewaltiger Rums an der Tür zu hören war. Augenblicklich folgte ein weiterer Schlag, dann noch einer.

»Ich komm ja schon.«

Die Türklinke lag auf dem Terrazzoboden. Seit Daniels energischem Abgang fehlte der kleine Stift, der die Klinke fixierte, jetzt fiel sie bei jeder größeren Erschütterung herunter. Ich hob sie auf, steckte sie zurück – wieder dumpfe Schläge. Wütend riss ich die Tür auf. »Noch nie was von Klingeln gehört?«

Draußen stand der Rumäne. Wer sonst? Etwas unterhalb der Steinstufen, einen halben Meter entfernt, als wollte er klarmachen, dass er nicht beabsichtigte einzutreten.

»Steh hier schon seit Stunden, keiner macht auf«, sagte er und schnipste seine Zigarette gut und gern zehn Meter weit über den Gartenzaun auf die Straße.

»Untersteh dich, was in meinen Garten zu schnipsen!«

Der Rumäne schaute gelangweilt in den Garten, dann sah er mir zum ersten Mal in die Augen. »Papó krank«, sagte er, »kann nicht kommen.«

»Das tut mir leid«, sagte ich sanfter.

Seine Alkoholfahne, die mich erst jetzt richtig erreichte, war stark genug, um ein Kleintier zu narkotisieren. Die speckige Hose wurde von einem Strick zusammengehalten, keine geflochtene Kordel, wie man sie von Leuten in Trachten kennt, sondern ein grober Strick, struppig und schmutzig. Das ist also einer deiner neuen Freunde, dachte ich und atmete einmal tief durch.

Der Rumäne fuhr sich mit seiner tellergroßen Hand übers Gesicht, »Papó sagt, soll mit dir erste Trauerzeit beenden. Gleich heute. Hast du Zeit?«

»Wie? Du und ich allein?«

»Hast du Zeit?«

Ich holte tief Luft, sagte: »Gut, bringen wir es zu Ende.«

»Machen wir, wenn Feuer brennt.«

»Gut, machen wir. Hunger?«

Ein Lächeln erschien auf seinem Gesicht. Erst schmal, dann breit und ausladend. »Essen und Trinken immer gut!«

»Ich werde was mitbringen«, sagte ich.

»Bis gleich. An Feuer bei Wagen. Wenn es dunkel wird!« Er wandte sich ab, raufte sich dann die Haare und drehte sich noch einmal zu mir: »Hab noch vergessen, musst du mitbringen Draht.«

»Draht?«

»Ja, normal Draht!« Er schaute mich an, als wäre es eine Selbstverständlichkeit, dass jeder Mensch Draht bei sich trug, als würde man ohne Draht nicht das Haus verlassen.

»Was für einen Draht?«, fragte ich.

Er knurrte missmutig: »Einfach Draht. Eine Hand lang.«

Ich hatte keine Lust mehr, über Drähte zu reden, und nickte. Er musterte mich, offensichtlich nicht davon überzeugt, dass ich die Wichtigkeit der Angelegenheit begriffen hatte.

»Ja, doch, ich bringe Draht mit«, rief ich entnervt.

Zurück im Haus, durchstöberte ich die Abstellkammer. Gerade als ich die Suche aufgeben wollte, fand ich in einem alten Terrakottatopf eine Rolle grünen Blumendraht. Gut, dachte ich, bringen wir es zu Ende. Vorher musste ich aber noch den letzten Knoten in die Trauerschnur binden. Ich ging nach oben, zog die Schnur unter dem Kissen hervor und schloss die Augen. Nichts wollte mir einfallen, keine Geschichte, keine Bilder. Der letzte Knoten wartete auf eine Erinnerung.

Eine einzelne rote Pille sprang klickend über den Holzboden von Victorias Zirkuswagen – da war sie, meine Erinnerung: Wie hatte ich nur ihr Abendritual vergessen können? Ich sah sie vor ihrem Erste-Hilfe-Schrank stehen. Mit knochigen Fingern umklammerte sie ein Likörglas, das randvoll mit smaragdgrünem Chartreuse gefüllt war. In der anderen Hand hatte sie jede Menge roter und weißer Pillen. Plötzlich, wie auf Kommando, warf sie den ganzen Pillenhaufen in den Mund – wobei jedes Mal ein paar danebengingen und klickend über den Boden sprangen. Das Bild der über den Holzboden springenden weißen und roten Pillen, dachte ich damals, würde ich nie vergessen. *Klick-klick-klick-klick*. Ich wusste noch nicht, dass vor dem Vergessen das Verdrängen kommt. Mit dem Chartreuse spülte sie die Tabletten hinunter, schüttelte sich, ging, ohne ein weiteres Wort an mich zu richten, zum Ende des Wagens hinüber, in ihr Reich, wie sie ihr Bett nannte, und wartete darauf, dass der Gute-Nacht-Trank Wirkung zeigte. Ein letztes, schweres Ausatmen, dann zog sie den Brokatvorhang zu und murmelte das Vaterunser, zumindest eine Zeile davon: »Und vergib uns unsere Schuld, wie auch wir vergeben unsern Schuldigern.«

Was für einen Sinn es haben sollte, abends einen Gott um Vergebung zu bitten, den man tagsüber nicht zu kennen schien, blieb mir immer ein Rätsel. Wenn ich sie danach fragte, zuckte sie bloß mit den Schultern: »Ein alter weißbärtiger Mann auf einer Wolke, das ist doch kindisch, aber …«, und dann senkte sie die Stimme, »… ich glaube an die Kraft der Vergebung.«

Ein Satz, den ich damals nicht verstanden hatte, den ich aber jetzt, mit der Trauerschnur in der Hand, begriff. Zehn Jahre hatte es gedauert, doch jetzt spürte auch ich sie: die Kraft der Vergebung. Ich konnte ihr vergeben, dass die unvergleichliche Madame Victoria nicht die Großmutter war, die ich mir gewünscht hatte. Und ich verzieh mir, dass ich ebenso wenig das Enkelkind war, das sich Victoria gewünscht hatte. Es nahm eine Last von meinen Schultern, an die ich mich so sehr gewöhnt hatte, dass ich sie erst jetzt spürte, wo sie nicht mehr da war.

Vorsichtig legte ich die Trauerschnur zusammen und steckte sie in meine Hosentasche. Der letzte Trauerknoten war gebunden. Ich wischte mir eine Träne aus dem Augenwinkel, legte den Blumendraht, eine Ringsalami und ein halbes Fougassebrot in Victorias Weidenkorb, füllte die überbackenen Tomaten mit Ziegenkäse in eine Schüssel und legte sie mit einer Flasche Wasser in den Korb. Nachdem ich alles mit einem karierten Küchenhandtuch abgedeckt hatte, sah es endgültig so aus, als würde Rotkäppchen die Großmutter besuchen.

Obwohl der Rumäne mit dem Rücken zu mir am Feuer saß, schien er meine Ankunft zu spüren. »Hast du an Draht gedacht?«

Ich nickte bloß und hielt ihm den Korb hin.

»Später. Hast du Trauerschnur?«

Vorsichtig zog ich die Schnur aus meiner Tasche. Er brummte zufrieden und bedeutete mir, neben ihm auf einer Kiste Platz zu nehmen. Dann zählte er die Knoten, nickte bestätigend und zog eine weiße Zierkordel aus seiner Tasche.

»Ist dein Leben, dein Band.« Er zögerte, suchte nach Worten. »Ist dein Lebensband.«

»Mein Lebensband«, wiederholte ich wie eine gelehrige Schülerin, aber er kümmerte sich schon nicht mehr um mich, sondern verknotete beide Stricke, sodass sie zwei miteinander verbundene Schlingen ergaben.

»Das«, sagte er, »Verbindung. Von euer Leben. Großmutter. Du.«

Wahrscheinlich hatte er diese Erklärungen vorher auswendig gelernt und jetzt Mühe, alles in die richtige Reihenfolge zu bringen. »Hast du Draht?«

Ich zog die Rolle aus dem Korb.

»Äh, zu viel.« Er riss mir die Rolle aus der Hand und fuchtelte damit vor meinem Gesicht herum. »Hab ich gesagt, eine Hand lang!«

Er verschwand hinter dem Wagen und kam wenig später mit einer öligen Zange zurück. Nachdem er ein Stück Draht abgeschnitten hatte, warf er die Zange durchs geöffnete Fenster zurück in den Wagen. Er verknotete die beiden Schnüre, so dass sie jetzt auch durch den Draht verbunden waren. Dann überreichte er mir sein Werk. »Trauerschnur. Lebensband. Hier. Jetzt spreche dein Abschied.«

Ich blickte auf das sonderbare Flechtwerk in meiner Hand und hatte keine Ahnung, was ich sagen sollte.

»Nicht ausdenken!«, fuhr er mich an. »Fühlen!«

»Was soll ich fühlen? Geht's auch ein bisschen konkreter?«

Als Antwort kam ein entnervtes Grunzen.

»Tierstimmenimitator, oder was? Gibt's das auch als vollständigen Satz?«

»Kleines Mädchen, großes Mundwerk«, sagte er. »Sollst jetzt Abschied nehmen, aber nicht klug reden, sondern fühlen. Papó hat gesagt, du zu viel reden, zu wenig fühlen. Hat er so recht!«

Los, fühl was, feuerte ich mich an. Nichts passierte. Ich blickte in das Feuer, sah, wie sich die Holzstücke darin schwärzten, kleine Äste zu Kohle zerfielen, alles in Bewegung schien. Mit einem Mal empfand ich Dankbarkeit, eine große tiefe Dankbarkeit, da zu sein, mitspielen zu können – im großen Spiel des Lebens. Ich sagte laut: »Danke«, ohne zu wissen, wem mein Dank eigentlich galt. Aber zum ersten Mal in meinem Leben hatte ich ein Gefühl, das ich bisher nicht gekannt hatte: ein Gefühl, das andere mit dem Wort *Zuhause* verbanden.

»Wirf!«, rief der Rumäne.

Ich holte Luft und warf die Bänder ins Feuer. Die Trauerschnur fing sofort Feuer, mein Lebensband kokelte eine Weile vor sich hin, bis es schließlich auch lichterloh brannte. Ich schloss die Augen. Es war ganz still geworden, die Vögel waren verstummt, nur das leise Knistern des Feuers war noch zu hören und das Knacken der dicken Holzscheite. Der Duft des brennenden Holzes rief Erinnerungen an die großen Lagerfeuer der Zeltbauer wach. Sie wohnten ohne Heizung und Herd in Gemeinschaftszelten, weshalb sie das ganze Jahr über Feuer machten. Ich sah sie vor mir, immer hungrig, immer lachend, immer eine Flasche Bier in den riesigen Pranken. Als ich die Augen wieder öffnete, glühte die Trauerschnur noch einmal hellgelb auf, bevor sie zu weißer Asche zerfiel; kurz darauf verschmurgelte auch das Lebensband. Der ovale Drahtring lag jetzt einsam auf der Holzkohle, begann zu glühen: dunkelrot, orange, gelb, gelbweiß. Als ich schon fürchtete, er könne gänzlich verglühen, angelte ihn der Rumäne mit seinem Stock aus den Flammen und hielt ihn hoch in die Luft – ein rußiger, schwarzer Ring.

»Das ist Symbol. Symbol, was dich verbindet mit dein Großmutter.« Er lächelte, ein Lächeln, wie ich es noch nicht bei ihm gesehen hatte: weicher, wärmer, herzlicher.

»Jeder bei uns in Cirque perdu hat solche Ring«, sagte er, »Papó nennt sie Halteringe.« Er sah mich fragend an. »Verstehst du?«

Ich nickte.

»Wirfst du Haltering weg, bist du alles los, kannst alles vergessen. Wenn du behältst, wird Verbindung bleiben, immer.« Er ließ den erkalteten Ring in meine offene Hand gleiten.

»Haltering«, wiederholte ich langsam, als wäre es ein Wort aus einer uralten fremden Sprache.

Mir lief eine Träne die Wange herab, obwohl ich nicht traurig war. Ich lachte kurz auf, obwohl ich nichts lustig fand. Ich empfand Dinge in diesen Sekunden, für die es keinen Anlass gab. Doch dann wich meine Verwirrung dem Gefühl völliger Klarheit, alles ergab plötzlich einen Sinn: Ich sollte eine Entscheidung treffen. Allein.

Ich sollte entscheiden, ob ich meinen Haltering wegwerfen wollte, um abzuschließen mit der Vergangenheit, oder aber, ob ich ihn behalten und die Vergangenheit gegenwärtig halten wollte. Ich hatte diese Entscheidung bereits getroffen, damals, als ich im Keller von Monsieur Luban das Testament meiner Großmutter auf ihrem Oberkörper sah.

Ich zog Victorias Spitzentaschentuch aus der Hosentasche, entfaltete es, legte den Drahtring hinein, klappte die Seiten des Tuches wieder zusammen und steckte es in meine Tasche.

»Muss früh fort«, sagte der Rumäne. »Weißt ja: Papó krank. Aber«, er reckte sich, »hab noch was für dich – von Papó, sollte dir geben, wenn du Haltering behältst.«

Der Rumäne öffnete den Kofferraum und kam mit etwas Großem, eingeschlagen in eine gesteppte Decke zurück. »Ist Geschenk für dich«, sagte er. »Sattel von Papós Sohn. Bring ich dir nach Hause, ist schwer.«

Vielleicht hatte Papó das mit der Reiterei in unserer Familie durcheinandergekriegt, auf jeden Fall hatte ich keine Ahnung, warum ich einen Sattel bekam. Aber Geschenk war Geschenk. Also bedankte ich mich artig.

»Lass uns gehen. Muss morgen *wirklich* früh los.«

»Und das Essen?«

»Lass liegen, für später. Danke.«

Ich warf einen letzten Blick in die Glut, wo gerade eines der wertvollsten Geschenke meines Lebens zu Asche zerfallen war, dann lief ich dem Rumänen hinterher.

Es war kühl geworden, die Feuchtigkeit kroch mir den Rücken hoch. Als wir die Senke vor dem Haus erreichten, überkam mich ein wilder Abschiedsschmerz: »Werden wir uns wiedersehen, ich meine, wir alle, der ganze Cirque perdu?«

»Natürlich, wir sehen uns, du wirst kommen, bald.« Der Rumäne trug den Sattel bis zur Tür vor der Küche und drückte mich dann so fest an seine Brust, dass mir die Luft wegblieb. »Du musst kommen, musst uns schnell finden!« Dann stieß er mich weg, fixierte mich mit stechendem Blick. »Wegen Papó.«

Ich verstand nicht. »Kommt ihr denn nicht wieder?«

»Sag ich ganze Zeit.« Er verdrehte die Augen. »Musst kommen *du*! Ist wichtig, wirst bald verstehen. Papó darf aber nicht wissen, dass ich dir es sage. Er braucht dich, will es aber nicht sagen. Du sollst freiwillig kommen, sagt er.«

»Wohin kommen? Wann?«

»Du musst finden, sagt Papó, wenn nicht, dann willst du nicht finden.«

»Wusst' ich's doch. Es war, ich meine, es ist eine Probe. Er stellt mich auf die Probe.« Aufgeregt ruderte ich mit den Armen in der Luft herum.

Der Rumäne machte ein ernstes Gesicht. »Ist kein Spiel«, sagte er.

»Warum kann ich nicht einfach mit dir mitfahren? Was soll das alles?«

»Ihr wollt alles einfach haben. Einfach ist nicht immer besser!«

»Schon gut, dann dauert es aber länger!«

»Streng dich an!« Er zog die Brauen energisch zusammen, seine schwarzen Augen funkelten. »Streng dich an, *bitte*!«, sagte er noch einmal und marschierte dann mit Riesenschritten davon.

»Auf Wiedersehen«, rief ich ihm hinterher, aber da war er bereits im hohen Gras verschwunden.

Ich wuchtete den Sattel auf die Fliesen und stand unschlüssig in der Küche herum. »Wirst schon verstehen«, hatte er gesagt. Jeder schien zu meinen, dass ich alles verstehen würde, aber ich verstand gar nichts. Wie immer. Wozu diese Proben? Was hatte Papó damit gemeint, dass ich bald meinen Auftritt in der Manege hätte? Zumindest in einem Punkt war ich mir sicher: Papó wollte etwas von mir – und ich würde schon noch herausfinden, ob es um die Erbschaft oder etwas anderes ging. Niemand konnte mir ein X für ein U vormachen. Mit dem wohligen Gefühl, eine ganz Schlaue zu sein, schlief ich an diesem Abend ein.

Morgens griff ich als Erstes unter mein Kissen – nichts. Keine Trauerschnur. Mich überkam das gleiche Gefühl wie auf Partys, wenn ich mit einem Schmachter in eine leere Zigarettenpackung griff. Ich setzte mich auf und überlegte. Ich besaß jetzt ein Stück rußigen Blumendraht. Einen Haltering. Was konnte mir da noch passieren? Im Bademantel ging ich hinunter in die Küche. Erst jetzt, als ich ihn auf dem Boden liegen sah, fiel mir Papós Geschenk wieder ein: der Sattel. Ich nahm mir vor, das gute Stück gleich nach dem ersten Kaffee in Augenschein zu nehmen. Es duftete herrlich, als ich den frisch gemahlenen Kaffee mit heißem Wasser aufgoss. Auf dem Weg zum Kühlschrank blieb ich abrupt stehen. An irgendetwas erinnerte mich dieser Sattel.

Vorsichtig hob ich die Satteldecke hoch, starrte gebannt auf jedes Detail, konnte aber nichts Besonderes entdecken. Es war ein schöner alter Sattel, mehr nicht. Ganz egal, von welcher Seite ich ihn betrachtete, wie ich ihn auch drehte und wendete, da war nichts. Nichts. Hatte ich mich getäuscht? Irritiert legte ich die Satteldecke wieder zurück, wollte mich gerade meinem Kaffee zuwenden, der mittlerweile bestimmt kalt geworden war – da sah ich ihn, den aufgestickten Namen: *Baro.*

10

DER UNBEKANNTE REITER

Madame Raphael legte das Foto aus der Hand, schaute mich an, machte eine hilflose Handbewegung und blickte wieder auf das Bild. »Vielleicht hat der Herr aus Rumänien einfach nur die Adresse vergessen und deswegen diese Geschichte erfunden. Das würde ihm doch ähnlich sehen, oder?«

Wir saßen nebeneinander am Küchentisch, uns gegenüber hingen die Decke und der Sattel über zwei Stühlen.

»Ich glaube, er durfte mir nicht sagen, wo sie sind. Genau wie bei der Sache mit dem Sattel.«

»Aber was für einen Sinn sollte das haben? Warum hat Monsieur Papó sonst diesen Kerl geschickt?«

»Sicher, er will mich sehen«, antwortete ich. »Aber vorher muss ich eine Probe bestehen.«

»Aber ich bitte Sie, geheimnissen Sie nicht etwas viel in die ganze Angelegenheit hinein? Wozu denn so etwas?«

»Sie haben mir das Bild meiner Großmutter gegeben. Sie haben mir gesagt, es zeigt meinen Vater. Und auf der Satteldecke steht der Name Baro. Genau wie auf der Satteldecke von Papós Sohn. Das heißt doch wohl, dass Papó mein …«

»Das heißt nur«, unterbrach sie mich, »dass er den Sattel Ihres Vaters besaß, mehr nicht. Wenn er Ihr Großvater ist, wenn sich alles so verhält, wie Sie annehmen, warum hat dann dieser … dieser Rumäne, warum hat er Sie dann nicht einfach mitgenommen?«

»Und warum hat meine Großmutter mir nicht das Bild gezeigt?«

»Und selbst wenn es so ist, Sie können unmöglich quer durch Frankreich irren, nur weil Monsieur Papó meint, Sie auf die Probe stellen zu müssen. Es wäre besser abzuwarten.«

Ich hatte nicht die Absicht abzuwarten. Mein Entschluss stand fest. Ich würde mich auf die Suche machen. Aber so fest mein Entschluss auch war, so entschlossen war Madame Raphael, meine »Irrfahrt« nicht gutzuheißen.

Nachdem wir uns eine Weile angeschwiegen hatten, ging sie zum Abfalleimer: »Ich mach mich mal nützlich.« Sie versuchte den Müllsack herauszuziehen. Ich kam ihr zur Hilfe, zog an der anderen Seite des Eimers – bis sich ruckartig Mülleimer und Beutel trennten und ich krachend mit dem Kopf gegen den Küchenschrank schlug.

»Sehen Sie, es ist nicht gut, die Dinge zu überstürzen.« Wir mussten beide lachen.

»Wie sieht es eigentlich drüben aus«, fragte sie und ging ins Wohnzimmer. Ich folgte ihr lustlos. In der Mitte des Raums türmte sich ein Berg aus Kartons, Müllsäcken und ausgedientem Hausrat.

»Wir brauchen dringend Hilfe«, sagte sie.

Ich hatte keine Lust, über Müllentsorgung zu reden.

»Ein Bekannter von mir schaut heute Nachmittag vorbei – natürlich nur, wenn es Ihnen recht ist?«

»Selbstverständlich. Vielen Dank.«

»Ein ziemlich schräger Vogel, aber er kann ordentlich anpacken. Sie brauchen ihm nichts zu zahlen.«

»Aber ich …«

»Nein, wirklich, ich habe noch etwas gut bei Jop.«

»Jop?«

»Jop van Wijk, er ist Niederländer. Er hatte einen schönen Blumenladen in Nizza, so haben wir uns kennengelernt. Der Laden ist schon lange Geschichte, aber seinen großen Lieferwagen hat er noch.«

»In Ordnung.« Die Vorstellung, dass ein Mann hier herumlief, gefiel mir nicht. Der letzte Kerl im Haus hatte dafür gesorgt, dass einmal am Tag die Türklinke zu Boden fiel.

»Ich mach jetzt mal weiter«, sagte Madame Raphael und strich mir kurz über den Rücken.

Wenn wir jetzt das Haus leer räumten, konnte ich

bald aufbrechen. In Gedanken waren meine Koffer schon gepackt. *Hier sehen Sie Thaïs Leblanc, wenn sie nicht schon vorgegangen ist.*

Die Männer von der Spedition hatten die Matratze vergessen, sie lehnte am Ende des Flurs im ersten Stock. Voller Tatendrang stellte ich mich mit dem Rücken dagegen, packte sie mit beiden Händen und marschierte los. Ein echter Möbelpacker hätte das auch nicht besser gekonnt. Aber als ich die Treppe hinunterging, drückte mich das Gewicht der Matratze mit jedem Schritt tiefer zu Boden. Nach ein paar Stufen schlug ich mir fast die Knie ins Gesicht. Gerade als mich die Kräfte verließen, klingelte es an der Tür.

Madame Raphael rief: »Ich mach schon auf.«

Leise stöhnend sank ich unter der Last der Matratze zu Boden.

»Wenn bei dem Ringkampf mal nicht die Matratze gewinnen tut!« Ein Holländer, unverkennbar. Seine Stimme dröhnte durchs ganze Haus. Bevor ich etwas sagen konnte, stand er über mir: »Ich nehm' die mal!«, schnappte sich die Matratze und rannte die Treppe herunter, mehrere Stufen auf einmal nehmend, was ein echtes Männerding zu sein schien.

»Darf ich vorstellen?«, sagte Madame Raphael, »Thaïs Leblanc – Jop van Wijk.«

Er war fast so breit wie hoch und erinnerte an einen Panzerschrank. »Nenn mich einfach Jop. Ich bin älter als du, also darf ich dir auch das Du anbieten! Soll die gleich in den Wagen?« Und schon war er mit der Matratze nach draußen verschwunden. Madame Raphael warf ihm einen Blick hinterher, der mich daran zweifeln ließ, dass die beiden nur das gemeinsame Interesse für Blumen verband.

Während Jop das Wohnzimmer von den Müllsäcken befreite, sang er holländische Lieder, redete gelegentlich mit sich selbst und brach ohne erkenntlichen Grund in Gelächter aus – ich schaffte es in der gleichen Zeit gerade mal, das Bad aufzuräumen.

Nach drei Stunden rief uns Madame Raphael an den Küchentisch zum Tee.

Kaum hatten wir Platz genommen, begann Jop mir seine Lebensgeschichte zu erzählen: »Bin zur See gefahren … Frachter angeheuert … Amerika von Bord … im Hafen Ärger mit Gewerkschaft …«

Ich versuchte mich zu konzentrieren, aber meine Gedanken schweiften immer wieder ab, zu Baro, zu Papó. Baro. War das der Name des Pferdes?

»Weg, einfach so!« Jop fuchtelte mit seiner linken Hand vor meinem Gesicht herum. »Weg, einfach weg!«

Erst jetzt bemerkte ich, dass ihm ein Ringfinger fehlte. Verstohlen blickte ich hinüber zu Madame Raphael, die aber nur Augen für ihren Jop hatte, obwohl sie seine Geschichten doch bestimmt in- und auswendig kannte.

»Monique kennengelernt … Frau meines Lebens … an Land geblieben … holländische Tulpen … Blumenladen … Fehlgeburt …«

Baro. Wohl eher der Name meines Vaters.

»... Spielschulden ... Trennung.« Er schaute mich erwartungsvoll an, als erwartete er einen Kommentar. »Dann kam die Trennung«, wiederholte er, aber ich hatte keine Ahnung, was er vorher erzählt hatte.

»Ein wirklich abenteuerliches Leben«, war alles, was mir dazu einfiel – offenbar die falsche Reaktion. »Das tut mir leid, das mit Ihrer Frau. Entschuldigung, ich bin etwas abgelenkt. Ich muss mich auf die Suche machen. Ich muss meinen ... Großvater finden.« Es fühlte sich falsch an, Papó Großvater zu nennen, aber wenn es stimmte, dass dieser Sattel seinem Sohn gehörte, musste er das wohl sein: mein Großvater. »Er wartet auf mich.«

»Wo is'n das Problem? Fahr doch einfach hin.«

»Er ist beim Zirkus, das ist das Problem. Irgendwo im Süden vermutlich, aber sicher weiß ich das nicht.«

»Verstehe, verstehe ...«

»Ich denke, er kommt bald zurück«, schaltete sich Madame Raphael ein. »Aber unsere Thaïs ist sehr ungeduldig. Hast du einen Tipp für sie?«

»In Perpignan lebt ein alter Kumpel von mir, der hat mal beim Zirkus gearbeitet, den könnt' ich fragen.«

Madame Raphael gab Jop einen zärtlichen Knuff. »Kannst du ihn anrufen?«

»'ne Telefonnummer hatte ich nie. Da müsste man sich wohl auf die Reise machen.«

»Gute Idee«, rief ich hastig.

»Aber ich bitte Sie«, sagte Madame Raphael. »Das sind über zweihundert Kilometer.«

»Das macht mir nichts aus. Die Adresse Ihres Freundes haben Sie doch …«

»Immer mit der Ruhe, junge Frau! Dass du allein zum Radu fährt, ist keine so gute Idee. Der kennt dich doch gar nicht, und überhaupt, auf einen Tag mehr oder weniger kommt's auch nicht drauf an, oder?«

Ich nickte gequält. »Gut, ich will ja niemanden bedrängen.«

»Klar«, sagte Jop lachend. »Darf ich vorher noch schnell 'ne Onderbroek einpacken?«

»Eine was?«

»Er meint eine Unterhose.« Ich wunderte mich, was für Vokabeln Madame Raphael auf Niederländisch so kannte.

»Was hältst du davon«, sagte Jop, »wenn wir morgen nach Perpignan fahren?«

Madame Raphael runzelte die Stirn. »Eigentlich sollten wir sie nicht bei diesem Irrsinn unterstützen …«

»War'n wir nich' alle mal jung?«

»Ich weiß gar nicht, wie ich Ihnen danken soll.« Ich musste mich zusammenreißen, um nicht vor Freude durch die Küche zu springen.

»Für'n Anfang«, rief Jop, »würd' es schon reichen, wenn du mich nicht immer siezen würdest.«

»Entschuldigung.«

»Ich hätte da 'ne Idee: Wenn wir morgen, bevor wir nach Perpignan fahren, den Schietberg zum Müll bringen, da wär ich schon total zufrieden mit!«

»Dein Wunsch ist mir Befehl! Wann wollen wir los?«

»Um acht?«

»Gut, sehr gut«, sagte ich und grinste, als wäre ich gerade zur elsässischen Weinkönigin gewählt worden.

Am nächsten Morgen kam Jop mit einstündiger Verspätung zu unserer Verabredung. Er hupte kurz und blieb mit laufendem Motor an der Straße stehen. Ich wunderte mich etwas, beschloss aber, kein großes Aufhebens darum zu machen. Er würde mir schon noch erzählen, was los war. Mit einem fröhlichen »Guten Morgen« bestieg ich den Wagen.

Jop starrte mürrisch geradeaus und sagte nur: »Goden Dag. Den Müll hab ich schon weggebracht. Hat angefangen zu müffeln.«

Als wir das Meer erreicht hatten, schaute er auf die Uhr und sagte: »Eins.«

An der nächsten Tankstelle kaufte er sich eine Flasche Bier und mir eine Tafel Schokolade, als wäre ich ein kleines Mädchen. Er trank das Bier beim Fahren, wischte sich anschließend über den Mund und rief laut: »Ahhh! Ich habe aufgehört.« Der erste vollständige Satz seit vier Stunden.

»Womit aufgehört?«

»Na, mit dem Saufen. Und dem Rauchen. Ich trink

nur noch vier Bier pro Tag. Um ein Uhr das erste und abends dann noch zwei, manchmal drei.«

»Verstehe.«

»Hab ich Merle zu verdanken.«

»Wem?«

»Deiner Madame Raphael, also meiner Merle, die hat mir geholfen, die Sache in den Griff zu kriegen: Spielen, saufen … Ohne sie wär ich längst tot.«

»Wirklich?«

Wahrscheinlich folgte jetzt eine langatmige Erzählung über Jop van Wijks Ringen mit dem Alkoholismus. Ich sah mich bereits stundenlang Betroffenheit heucheln. Im letzten Jahr hatte ich auf einer Zugfahrt nach Belgien neben einem Mann gesessen, der mir geschlagene drei Stunden von seinem heldenhaften Kampf gegen den Krebs erzählte. Jedes Behandlungsdetail und seine Folgen schilderte er. Gnadenlos. Als wir in Brüssel ankamen, wirkte er sichtlich gestärkt, während ich mich hundeelend fühlte.

Ich fragte Jop, ob wir noch mal anhalten könnten, in der Hoffnung, dem Gespräch so eine andere Wendung zu geben. »Ich muss mir mal ganz dringend die Hände waschen.«

»Machen wir. Am besten, wo es was zu beißen gibt. Hab kein Frühstück bekommen heute morgen.«

»Verstehe«, sagte ich grinsend.

Eine Viertelstunde später saßen wir an einem wackligen Fenstertisch in einer kleinen Bar, deren größter Vorzug war, dass man seinen Wagen im Auge behalten konnte, während man Pause machte. Der Laden war voll mit Lkw-Fahrern, die von ihrer Mittagspause nicht mehr zu erwarten schienen als ein warmes Getränk, einen Toast und dass man sie in Ruhe ließ.

Jop orderte ein Thunfisch-Sandwich und schwarzen Kaffee. Was die Kellnerin mit einem Stirnrunzeln quittierte, das sich bei meiner Bestellung, Milchkaffee mit Pain au Chocolat, wieder verflüchtigte.

»Hab gestern Mist gebaut, gab ein bisschen Streit mit Merle.«

Ich tat ihm den Gefallen und fragte nach: »Warum?«

»Hab die Vier-Bier-Regel gebrochen ... Mach ich sonst nich', ehrlich. Aber gestern ist es doch eins zu viel geworden.«

»Fünf?«

Er machte ein fragendes Gesicht. »Was meinst du?«

»Sind aus vier Bieren fünf geworden?«

»Nein, ein paar mehr. War so 'n schöner Abend.«

»Was hat dein Freund aus Perpignan eigentlich beim Zirkus gemacht?«

»Radu war Zeltbauer«, antwortete er, nachdem er sein Sandwich verschlungen hatte. »Kommt aus 'm Osten, Rumänien.«

»Ein Rumäne?«

»Ja, da sind wohl viele aus dem Osten, bei den Zeltbauern.«

Dass wir uns beim Fahren abwechselten, kam für

Jop nicht in Frage; die Bremsen seien nicht in Ordnung, die Schaltung zu speziell. Als wir wieder im Auto saßen, rollte ich meine Cordjacke zusammen und klemmte sie mir zwischen Kopf und Schulter. Ein paar Minuten lang verfolgte ich noch die Landschaft, die draußen vorbeizog, dann war ich eingeschlafen. Als ich aufwachte, waren wir bereits in Perpignan. Im Spiegel der Sonnenblende sah ich, dass meine rechte Gesichtshälfte das Muster der Cordjacke trug. In diesem Moment bog Jop in eine schmale Seitengasse ein. Der Motor des Wagens lärmte, als wären wir im Bulldozer unterwegs. Vor einem staubigen Fenster mit der Aufschrift *Chez Radu* blieben wir stehen.

»Warte hier!« Jop stürmte durch einen flatternden Fliegenvorhang aus buntem Plastik in den Laden. Kurz darauf war er zurück, Arm in Arm mit einem Mann, auf den er lautstark einredete. Das Gesicht des anderen war wächsern, sein Schädel kahl und vernarbt, die untere Gesichtshälfte sah aus, als wäre sie irgendwann einmal geschmolzen gewesen.

Jop brüllte, als würde er auf dem Viehmarkt eine Milchkuh anpreisen: »Das is' sie, unser Zirkusmädchen. Und das is' mein alter Freund Radu.«

Ich lächelte unsicher. Bestimmt hatte ich noch den Jackenabdruck im Gesicht: »Guten Tag, Monsieur.«

Radu schien lächeln zu wollen, doch es tat sich nicht viel in seinem Gesicht, außer dass die wächserne Haut sich spannte und weiß färbte.

»Nenn mich Radu, alle nennen mich so.« Er hatte eine kräftige, sympathische Stimme.

»Geh schon mal mit Radu«, sagte Jop. »Ich park schnell den Wagen.«

Das Chez Radu war einfach möbliert. Tische und Stühle wirkten wie Gartenmöbel, schmuddlige Fliegenpapiere hingen von der Decke. Das wertvollste Stück im ganzen Lokal war wohl der große Zigarettenautomat. Wir setzten uns an einen der kleinen Tische mit Wachstischdecke. Trotz der Kargheit gefiel es mir hier. Vielleicht lag es am Geruch. Es duftete nach frisch gebackenem Brot.

»Möchtest du was trinken? Bier, Wein?«

»Gern ein Wasser.«

»Aksim!«

Ein schlanker Mann mit wachen dunklen Augen und krausen schwarzen Locken erschien.

»Wasser, Pistazien und zwei Bier. Nimm die von hinten aus der Kühlung.«

Gerade wollte ich fragen, woher Jop und Radu sich kannten, als Jop durch den ganzen Raum rief: »Noch kein Bier auf dem Tisch? Geht's dir nicht gut, Radu?«

Ich hatte gerade nach meinem Glas gegriffen, da knallten die beiden schon ihre Flaschen gegeneinander, nahmen jeder eine großen Schluck und setzten die Flaschen mit einem gemeinschaftlichen »Ah« synchron wieder ab.

»Sehr gut«, sagte Jop, »kalt wie 'n Eisbärarsch.«

Wäre ich nicht anwesend gewesen, hätte sie bestimmt noch lautstark gerülpst.

»Was gibt's?«, fragte Radu ohne Umschweife.

»Wir brauchen deine Hilfe«, antwortete Jop. »Sie hier sucht ihren Großvater. Der hat 'n kleinen Zirkus, der hier irgendwo unterwegs ist. Der Zirkus heißt, halt dich fest«, er beugte sich grinsend vor, »Cirque perdu.«

»Noch nie gehört. Und den Namen hätt ich garantiert behalten.«

»Es gibt da einen Mann«, sagte ich. »Den nennen wohl alle den Rumänen, ein sehr großer, kräftiger Mann, auffällige Statur. Ich hatte gehofft, dass du ihn vielleicht kennst?«

Radu sah mich an, nichts rührte sich in seinem Gesicht. Er rieb sich den kahlen Schädel, vermutlich damit ich sah, dass er nachdachte. »Der Rumäne? Ist das ein Zeltbauer? Was haben die denn für ein Zelt beim Cirque perdu?«

Ich zögerte, wusste ich doch, dass die Anzahl der Zuschauerplätze die Größe und damit auch die Bedeutung eines Zirkus bestimmte. Ein Zirkus ohne Zelt war eigentlich gar kein Zirkus. »Ich hab das Zelt nicht gesehen«, sagte ich wahrheitsgemäß. »Nur die Wagen, fünf Stück.«

»Aksim, bring uns noch eine Runde! Willst du jetzt auch was Anständiges? Wie wär's mit einem Pastis?«

Jop nickte heftig: »Will sie.« Er stupste mich an: »Wir dürfen den Gastgeber nicht beleidigen!«

»Na gut, einen Pastis.« Ich hasste es, das folgsame Mädchen zu spielen.

Radu steckte sich eine Zigarette an. »Kann es sein, dass dieser Rumäne ein Zigeuner ist? Ich erinnere mich an eine wilde Geschichte, von einem Zigeuner beim Zirkus, der aus Rumänien kam. Soll ein Bärenführer gewesen sein, hatte drei Bären, eine Mutter mit zwei Jungen. Den haben sie ›den Rumänen‹ genannt. Dem haben sie eines Nachts den Wagen angezündet, die Bären sind dabei umgekommen. Fuchsteufelswild soll der Rumäne dem Anführer der Brandstifter den Hals umgedreht haben. Seitdem, heißt es, ist er ohne Namen und Papiere unterwegs und wird nur noch ›der Rumäne‹ genannt. Ich weiß nicht, ob ich das ganze Gerede glauben soll, klingt reichlich übertrieben – die erzählen viel über die Zigeuner, meistens nichts Gutes.«

Mein Atem ging schneller. War das mein Rumäne? Und hatte er wirklich jemanden umgebracht? Ich war froh, dass Madame Raphael nicht da war. Sie hätte die Hände über dem Kopf zusammengeschlagen. Schnell nahm ich einen sehr großen Schluck Pastis. Zigeuner? Die Musik, die sie gespielt hatten, die Rituale bei der Beerdigung. Die Namen. Wer heißt schon Bajou? Dann wäre ich eine Halbzigeunerin. Aber blieben die nicht immer unter sich?

Radu stupste mich mit seiner Bierflasche am Arm. »Ich weiß, dass dieser Rumäne hier in Perpignan immer einen Mann getroffen hat. Der ist eine Art Anführer, ein Clanchef, irgend so was.«

»Hab ich doch gesagt, mein Freund Radu kennt sich aus!« Jop griff über den Tisch und schüttelte mit beiden Händen Radus fleckige Hand. »Jetzt brauchen wir nur noch den Namen von diesem Clanchef.«

»Kamponrad heißt der. Sie nennen ihn den großen Kamponrad.«

»Komischer Name«, sagte Jop. »Auch rumänisch?«

»Nein, das ist nicht rumänisch.« Radu schüttelte energisch den Kopf.

Endlich kamen wir der Sache näher. Ich schaute grinsend zu Jop, der gerade wieder seine Vier-Bier-Regel brach.

»Und wo finden wir diesen großen Kamponrad?«, fragte ich.

»Im Zigeunerviertel, in St. Jacques.«

»Zigeunerviertel?«

»Der einzige Stadtteil in Frankreich, wo sie sesshaft sind – schon seit Ewigkeiten.«

»Dann können wir da doch jetzt hingehen, oder?«

»Allein finden wir das nicht, da gibt's kaum Hausnummern. Ich rufe morgen einen Bekannten an«, antwortete Radu und hob sein Bier. »Aber jetzt lass uns das Wiedersehen feiern!«

»Und wenn wir uns durchfragen?«

»Die sprechen eine eigene Sprache, und mit dir sprechen die schon mal gar nicht! Da ist nichts mit durchfragen.«

»Versuchen kann man's doch.«

»Hartnäckig und stur«, sagte Radu, »wie alle beim Zirkus! Na gut, ich klemm mich nachher hinters Telefon, dann können wir gleich morgen früh los.«

Jop lächelte, vielleicht auch über die neue Flasche Bier, die Aksim ihm hingestellt hatte. »Auf die Freundschaft!«

Radu schlug sich plötzlich mit der flachen Hand gegen die Stirn. »Na klar«, sagte er, »hätt ich gleich drauf kommen können: Wenn dein rumänischer Freund der ist, den ich meine, ist der Cirque perdu vielleicht ein Zigeunerzirkus.«

»Und worin unterscheidet sich ein Zigeunerzirkus von einem normalen Zirkus?«

»Na, anne Zigeuner«, sagte Jop und grinste.

»Nein, im Ernst«, sagte Radu, »ich komm darauf, weil die nicht mal ein Zelt haben, nur ein paar Wagen. Meistens treten sie im Freien auf.«

Aksim stellte uns Oliven und Brot auf den Tisch. Radu sprach kauend weiter: »Eine Manege gibt's da auch nicht. Die braucht man nur, damit die Pferde im Kreis galoppieren können – aber solche Nummern haben die Zigeuner nicht, die bringen den Pferden andere Tricks bei. Bären und Musik sind bei denen auch groß, das passt doch alles …«

»Und Zauberei«, fiel Jop ihm ins Wort. »Da werden gern mal Portemonnaies weggezaubert – aus dem Publikum.«

»Kann sein, dass der Cirque perdu so ein Zirkus ist«, sagte ich kühl. »Deshalb ist es auch gut möglich, dass ihr gerade schlecht über meine Familie redet.«

Jop legte seine Hand auf meinen Arm – ich war mir sicher, dass er sich das bei Madame Raphael abgeguckt hatte: »Nicht böse sein. Wir sind doch hier, um dir zu helfen. Da musst du auch ein bisschen Spaß vertragen.«

»Versteh mich nicht falsch«, sagte Radu. »Das Leben ist eine Wendeltreppe, und die Zirkusleute stehen nun mal ganz unten, und bei den Zirkusleuten sind wir Zeltbauer ganz unten. Drunter gibt's nichts mehr. Nur die Zigeuner.«

Radu bestellte eine neue Runde. Langsam machte ich mir Sorgen. Mir drohte fürchterlicher Ärger mit Madame Raphael, wenn Jop weitertrank. »Woher kennt ihr beiden euch eigentlich?«

»Aus einer Hafenkneipe in Marseille«, sagte Radu.

»Eine, wo viel getrunken wird«, ergänzte Jop. »Und nicht aus langstieligen Gläsern, wenn du verstehst?«

»Und da hat einer von euch den anderen zum Tanzen aufgefordert?«

Jop verdrehte die Augen. »Diese Unterhaltung muss aber unter uns bleiben, versprochen? Merle, also Madame Raphael, darf nichts davon erfahren.«

»Versprochen.«

Radu beugte sich zu mir, obwohl niemand in Hörweite war. »Wir haben uns damals um eine Dame gestritten.«

»Betrunken waren wir«, sagte Jop, »und stinksauer aufeinander. Ich wollte mit ihr aufs Zimmer, aber der Kerl da hatte ihr Geld gegeben. Er wollte, ich sag mal, dazwischenfunken.«

»Weil wir zu besoffen waren, um uns anständig zu prügeln, hab ich Jop zum Seemannsduell aufgefordert.«

»Zum was?«

»Seemannsduell. Man stellt sich einander gegenüber«, sagte Jop, »und kippt sich hochprozentigen Schnaps über die Haare …«

»Wir haben siebzigprozentigen genommen.«

»Und dann haben uns die Sekundanten – also, zwei andere Suffköppe – brennende Feuerzeuge gegeben, und bei drei haben wir uns damit beworfen.«

»Was waren wir bekloppt«, sagte Radu. »Das muss man sich vorstellen: zwei besoffene Kerle, die sich wegen 'ner hässlichen Nutte mit Feuerzeugen bewerfen!«

»Wir waren so blau«, sagte Jop, vor Lachen nach Atem ringend, »dass wir nur vorbeiwarfen.«

Die beiden strahlten mich an wie ein Ehepaar, das von seinen Flitterwochen erzählt.

»Ich glaub, beim fünften Versuch war's«, sagte Jop. »Da hab ich den Radu mit der richtigen Seite vom Feuerzeug getroffen – der Krauskopf brannte sofort wie ein vertrockneter Weihnachtsbaum!«

Die beiden grölten vor Lachen.

»Das Bild werd ich nie vergessen: der Feuerkopp!«,

rief Jop und wischte sich die Tränen aus den Augenwinkeln.

»Und du bist gar nicht sauer auf Jop?«

»Wieso denn?« Radu zog die Augenbrauen in die Höhe, das einzige Mienenspiel, das ihm geblieben war. »Ich hab ihn ja herausgefordert. Er hatte keine Wahl!«

»Ihr seid Freunde geworden, weil er dich angezündet hat?«

»Ach so, nein. Er hat mich gerettet, deswegen.«

»Radu brannte lichterloh«, sagte Jop. »Ich hab mich auf ihn geworfen und versucht, mit meiner Jacke die Flammen zu löschen – mit meiner *neuen* Jacke! Erst wollte ich die Flammen ersticken, aber als ich meine verkokelte Jacke sah, wollte ich den Radu ersticken. Hat leider nicht geklappt.«

Wieder brüllten die beiden vor Lachen.

»Dann hab ich den Kerl ins Krankenhaus gefahren«, sagte Jop, als sie sich endlich beruhigt hatten. »Der sah im Gesicht aus wie 'n Rollbraten.«

»Wenn einer sich heute die Haare ansengt«, sagte Radu, »nur ein bisschen, dieser Geruch, das ertrag ich nicht …«

»Und ich kann immer noch kein Grillfleisch leiden!«

Man muss unser Lachen bis auf die Straße gehört haben.

Die beiden knallten ihre leeren Flaschen auf den Tisch.

»Aksim!«, rief Radu. »Jeder andere hätte mich liegen lassen – ganz egal, ob mit brennenden Haaren oder mit brennendem Arsch …« Er wischte sich übers Gesicht, seine Augenbrauen zogen sich zusammen. Ein Zeichen der Rührung? »Im Ernst, jeder andere hätte mich liegen lassen oder wäre mit der Nutte aufs Zimmer – die war ja schon bezahlt –, aber der Jop, der hat sich gekümmert. Der hat sich gekümmert. Ein feiner Kerl, sag ich dir, ein wirklich feiner Kerl. Komm her, du alter Sack!«

Die beiden umarmten sich. Sie schlugen einander ein-, zweimal auf die Schultern, stöhnten kurz auf und griffen dann nach den vollen Bierflaschen, die Aksim ihnen hingestellt hatte.

»Lang lebe der Zirkus!«, rief Radu.

Ich stimmte mit ein: »Lang lebe der Zirkus!«, und trank mein Glas leer. Wie hätte Victoria sich gefreut, wenn sie mich jetzt gehört hätte. Der Pastis war mir zu Kopf gestiegen. Nach einigen Versuchen der beiden, mich zum Weitertrinken zu bewegen, ging ich nach draußen. Ich musste mir die Beine vertreten. Ein Wagen der Stadtreinigung bog um die Ecke, fuhr lärmend mit rotierenden Bürsten an mir vorbei. Der Fahrer hatte entfernte Ähnlichkeit mit dem Rumänen. Auch ein Zigeuner? Wahrscheinlich würde ich jetzt überall Zigeuner sehen. Soldaten sehen überall Soldaten. Schwangere überall Schwangere.

Ich rannte durch die Gassen, hatte keine Ahnung, was ich eigentlich suchte, und fand es auch nicht. Nach einer Stunde stand ich wieder vor den flatternden Plastikbändern des Chez Radu. Die beiden Männer waren verschwunden. Aus der Dunkelheit hinter dem Tresen trat Aksim hervor, in den Händen hielt er ein Tablett mit Besteck und Wassergläsern.

»Wo sind sie denn?«

»Weiß nicht, wo, wollten bald wiederkommen.« Er stellte das Tablett ab. »Darf ich noch was bringen?«

»Danke, nein.«

Ich folgte einer Eingebung: »Eine Frage noch. Kennen Sie diesen Mann, den Radu den großen Kamponrad genannt hat?«

»Wie heißt der?« Er begann, den ersten Tisch einzudecken.

»Der große Kamponrad. Sie wissen, wer das ist, nicht wahr?«

Unwillig verzog Aksim den Mund. »Monsieur Mihai ist es bestimmt nicht recht, wenn ich darüber rede …«

»Monsieur Mihai?«, wiederholte ich fragend.

»Radu, Radu Mihai.«

»Wieso sollte es ihm nicht recht sein?«

»Die Zigeuner wohnen schon immer da drüben in St. Jacques, seit zweihundert Jahren, aber die Leute hier tun so, als wären sie Fremde.« Er legte eine Pause ein, als hätte er schon zu viel gesagt. »Manchmal sind sie komisch.«

»Wer?«, fragte ich.

»Die Franzosen. Mein Vater war selbst einer, ein

Franzose. Deshalb nannten sie mich in Casablanca nur den Franzosen. Und hier? Ich will gar nicht wiederholen, was sie alles zu mir sagen – auf jeden Fall bin ich hier *kein* Franzose!« Er stockte. »Uns geht es wie denen in St. Jacques, wir sind Fremde.«

Ich sagte nichts. *Nicht alle Menschen lieben das Fremde.*

»Dieser große Mann, wie hieß er noch, der große Kamponrad?«

Ich nickte.

»Der sieht die Zukunft der Leute, kann sie gesund machen – er hat auch Monsieur Mihais Cousine geheilt, aber darüber spricht Monsieur Mihai nicht. Was denken die sich, diese Franzosen? Macht jemanden aus der Familie gesund, und dann ist es ihnen peinlich, weil er kein Arzt ist. Deshalb müssen sie so tun, als ob sie ihn nicht kennen? Sind komisch, die Franzosen.«

»Aber Monsieur Mihai ist Rumäne, kein Franzose.«

»Egal, ihr seid alle komisch.« Er machte eine Pause. »Keiner darf erfahren, dass ich das erzählt habe«, sagte er, »keiner! Monsieur Mihai will nicht, dass die Leute wissen, dass er zu den Zigeunern geht. Er kauft auch alte Möbel dort, was auch keiner wissen soll. Sie dürfen nichts sagen! Ich bekomm sonst Ärger.«

»Ich werde nichts sagen«, versprach ich. »Wissen Sie, wo ich diesen Mann finde?«

»Nein, ich habe in St. Jacques gewohnt, drei Jahre, aber ich kannte nur meine Leute, Arabs, wie die Franzosen sagen, obwohl wir Berber sind … Radu wird Sie morgen hinbringen, ich habe ihn telefonieren hören. Er wird so tun, als ob er noch nie da gewesen ist. Sie lassen sich nichts anmerken, Ehrenwort?«

»Ehrenwort.«

Gute Neuigkeiten. Lächelnd setzte ich mich an einen kleinen Tisch an der Wand. Das Klappern von Töpfen und Tellern drang aus der Küche, jemand suchte einen Sender auf Mittelwelle, leiernde Töne, abgehackte Sprachfetzen, dann arabische Musik – oder war das die Musik der Berber? Ich schüttelte ein paar Zahnstocher aus dem Spender und legte damit Muster auf der Wachstischdecke. Die ersten Gäste kamen. Ich dachte an Radu und sein Bild von der Wendeltreppe, dass alle jemanden brauchten, auf den sie herabschauen konnten. Ich fragte mich, ob ich jetzt auch da unten Platz nehmen würde, wenn mein Vater ein Zigeuner war. Bleierne Müdigkeit überkam mich. Wären die Metallstühle bequemer gewesen, ich hätte wohl geschlafen, als die beiden wieder auftauchten.

Radu legte seine Hand auf meine Schulter: »Wegen des Treffens mit diesem großen Kamponrad ist alles geklärt, morgen früh fahren wir hin.«

Jop meinte, er habe ein Loch im Bauch und müsse sofort etwas essen. Radu verschwand in der Küche und stellte wenig später zwei Teller Hackfleisch in Weißkohlblättern auf den Tisch, ein rumänisches Nationalgericht, wie er stolz betonte.

Mit jedem Gast, der hereinkam, stieg der Lärmpegel – Geschirrklappern, Stühlerücken, Kühlschrankbrummen, Polkamusik, Lachen, Gläserklingen und das ewige *Ritsch-Ratsch* des Zigarettenautomaten, der an diesem Abend so viele Packungen ausspuckte, wie ich in meinem ganzen Leben nicht geraucht hatte.

Nach dem Essen servierte uns Radu einen rumänischen Kräuterschnaps. Jop schob seinen lächelnd zu mir rüber. Ich stürzte beide hinunter, mein Beschützerinstinkt war einfach übermächtig. Dann gingen wir zu einer Cousine von Radu, die vier Straßen weiter eine Pension betrieb. Jops Zimmer lag im ersten Stock, meines im dritten. Zwar passte hier kein Möbelstück zum anderen, aber das Bett war frisch bezogen, und es roch nach Lavendel – auch wenn der Duft nicht von kleinen handgenähten Säckchen verströmt wurde, sondern aus der Sprühdose kam.

Als wir am nächsten Morgen in Jops Lieferwagen saßen, war ich im Wesentlichen mit meinem stechenden Kopfschmerz beschäftigt. Irgendwann stieg ein hagerer junger Mann mit Pickeln dazu, der Jop durch das Gassengewirr lotste. Wir drängten uns zu viert auf der Sitzbank, die eigentlich für drei Personen vorgesehen war. Zum Glück rauchte niemand.

Langsam veränderte sich das Straßenbild: Auch wenn der Anstrich an den meisten Häusern in großen Placken abblätterte, wurden die Straßenzüge bunter. Die kleinen Läden hatten weniger Waren, aber mehr Kunden. Sie standen schwatzend vor den Türen, lachten, schimpften und zeigten einen lebhaften Ausdruck in ihren Gesten und Gesichtern. Die sonst geläufige unbewegte Einheitsmiene war hier nirgends zu sehen. Das Leben spielte sich auf der Straße ab, vor den Häusern, auf den Gehwegen und auf Plätzen: junge Mütter mit Babys im Arm, die mit älteren Frauen redeten, wild gestikulierende junge Kerle, alte Männer, die zusammen rauchten und Karten spielten – alle standen oder saßen, streng nach Geschlechtern getrennt, in kleinen Gruppen beisammen.

Einmal mussten wir an einer Querstraße halten. Eine Hochzeitsgesellschaft zog an uns vorbei; mit einer strahlend schönen Braut: ein blutjunges Mädchen in einem weißglitzernden Hochzeitskleid, umringt von seinen Verwandten, die aussahen, als hätten sie sich für den Karneval in Rio kostümiert.

Was Victoria wohl dazu gesagt hätte? Sie führte sich immer auf, als wäre sie eine Aristokratin auf Reisen. »Billig« war ein Wort, das sie oft benutzte, mit hörbarem Ekel.

Ich betrachtete die Menschen, die sich feiernd durch die Gasse schoben. Vielleicht waren ihre Kleider billig, aber da war ein Überschwang, der Victoria gefehlt hatte, eine Lust am Leben: die Posen der kleinen Mädchen, die Kabbeleien der jungen Männer, die Freude der Mütter, der Stolz der Väter. Hier tobte pralles Leben.

Wir bogen in eine schmale Gasse ein, die auffallend leer war, und hielten vor einem Laden. Die Fensterfront war von innen mit Zeitungen verklebt, das Glas der Tür von Rissen durchzogen. Kein Name, kein Schild.

»Da wären wir«, sagte der junge Mann.

Radu wechselte auf Rumänisch ein paar Worte mit unserem Führer, der mit dem Wagen davonfuhr, und öffnete dann die Tür zum Laden.

Wir befanden uns offenbar in einer ehemaligen Fleischerei. An den gekachelten Wänden waren Fleischerhaken angebracht, ein ausgedienter Kühltresen stand quer im Raum. Kein Mensch zu sehen.

Jop trat von einem Bein aufs andere: »Hallo?«

Als Antwort kam ein fernes Husten, und kurz darauf stand ein graubärtiger Mann mit eingefallenen Wangen vor uns. »Geschlossen«, sagte er, ohne den Blick zu heben. Dafür, dass er als Empfangschef bei einem Wunderheiler arbeitete, sah er ziemlich kränklich aus.

»Wir sind mit dem großen Kamponrad verabredet«, sagte Radu.

»Fragen? Behandlung?« Beide Wörter sprach der Mann kantig aus, wie ein Spanier.

»Fragen«, sagte Radu.

Jop nickte, wahrscheinlich, um überhaupt etwas zu tun, Untätigkeit lag ihm nicht.

»Wie viele Fragen?«

»Eine«, antwortete Radu und legte dem Empfangschef einen Briefumschlag in die Hand.

»Wartet hier.« Er verschwand in dem Gang, aus dem er gekommen war.

Jop schaute sich aufmerksam um. »Hier residiert also der große Kamponrad. Sehr gediegen!«

Radu warf ihm einen strengen Blick zu: »Ein falsches Wort, und wir landen wieder auf der Straße!« Danach sah er mich an, als ob er mir sagen wollte: Wenn das hier in die Hose geht, seid ihr schuld.

Ich nickte beflissen.

Der Graubärtige forderte uns auf, ihm zu folgen. Schweigend trotteten wir durch den Gang bis zu einem Glasperlenvorhang. »Er erwartet Sie.«

Leise klirrend fielen die Glasperlenstränge hinter uns zusammen. Wir standen im ehemaligen Kühlraum, wie ich vermutete, wegen der beiden Aggregate, die von der Decke hingen. Die Wände waren rot gestrichen, der Boden von zwei großen Orientteppichen bedeckt, auf denen zwei Lederpoufs standen.

An der Stirnseite des Raums saß auf einer Art Empore ein dicker Mann in einem schwarzen Kunstledersessel. Sein Mund lächelte, aber sein Blick war stechend. Er deutete auf die Poufs.

»Bitte setzt euch«, sagte eine helle Stimme hinter uns. Erschrocken blickte ich mich um. Hinter uns saß ein kleinwüchsiger Mann auf einem Barhocker. Seine Proportionen waren normal, nur dass er eben sehr klein war, höchstens eins vierzig. Die kurzen Beine baumelten in der Luft hin und her, sein Gesicht war das eines Greises. »Bitte setzt euch«, wiederholte er geduldig.

Jop starrte ihn an, öffnete den Mund und schloss ihn wieder.

»Ihr müsst euch setzen, sonst kann der große Kamponrad (er sprach das sehr feierlich aus) nicht beginnen.«

Wir setzten uns. Jop und ich teilten uns einen Pouf. Der Dicke im Sessel sagte ein, zwei Sätze in einer Sprache, die ich noch nie gehört hatte (Radu klärte uns später auf, das sei Gitane gewesen, eine Variante des Katalanischen, die in St. Jacques gesprochen werde).

Der Kleinwüchsige übersetzte: »Ihr habt eine Frage an den großen Kamponrad? Dann solltet ihr sie jetzt stellen.«

»Ja«, sagte Radu, »unsere Freundin hier ist auf der Suche nach einem Zirkus, der sich Cirque perdu nennt. Könnt ihr uns sagen wo er sich gerade aufhält? Da gibt es einen Rumänen, einen stattlichen Kerl, einen Namen hat er nicht. Ihr kennt ihn, oder?«

Der Dicke lauschte der Übersetzung, wieder folgten einige Sätze auf Gitane, sie klangen nicht erfreut.

»Das sind zwei Fragen«, sagte der kleinwüchsige Mann. »Ihr habt nur für eine Frage gezahlt.«

Jop gab einen zischenden Laut von sich und verdrehte die Augen.

»Ich möchte nur wissen, wo ich den Cirque perdu finden kann.«

»Warum willst du wissen, wo dieser Zirkus ist? Was geht dich das an?«

In meinen Ohren hörte ich das Blut rauschen. Ich sah mich, wie von außen, in die Höhe schnellen und rief: »Ist das eine Frage oder zwei? Bei zwei Fragen müssen Sie mehr bezahlen!«

Stille.

Radu starrte mich aus kreisrunden Augen an, Jop guckte auf seine Füße. Hinter mir ertönte leises, ziegenhaftes Gemecker. Der kleine Mann lachte. Er lachte und lachte, sprach auf Gitane mit dem Dicken. Das Lachen des großen Kamponrads folgte, donnerte durch den Raum wie ein Unwetter. Radu und Jop stimmten ein – wenn auch eher aus Verlegenheit. Der kleinwüchsige Mann schien nach Luft zu ringen. Ich drehte mich nicht um, mein Blick blieb beim großen Kamponrad, der sich mit einem farbigen Taschentuch, groß wie eine Tischdecke, den Schweiß von der Stirn wischte.

»Sehr gut, sehr gut«, lachte es hinter mir. »Nur eine Frage, nur eine Frage … Warum willst du den Cirque perdu finden?«

»Weil Papó, der Direktor, mein Großvater sein soll.«

»… sein *soll*?«

»Ja, deshalb will ich den Zirkus finden. Um mir Gewissheit zu verschaffen.«

»Und warum hat Papó dir nicht selbst gesagt, wo du ihn findest?«

»Er stellt mich auf die Probe.«

Stille.

Ich blickte mich um. Der kleine Mann sah mich an.

»Warum übersetzen Sie nicht?« Er sagte ein paar Worte auf Gitane. Ich drehe mich zum großen Kamponrad, auch der sah mich nur an. Alle sahen mich an, ich hatte keine Ahnung, warum.

»Und?«, fragte ich.

»Wer hat dir das gesagt, das mit der Probe?«

»Niemand«, antwortete ich.

»Woher weißt du es dann?«

Ich drehte mich um. Der Kleine wackelte nicht mehr mit den Beinen. »Ich weiß es eben. Einfach so.« Ich stand auf und sagte zu Radu: »Lass dir dein Geld wiedergeben, der große Kamponrad hat keinen blassen Schimmer, wo Papó steckt.«

Der Kleinwüchsige sprach mit dem großen Kamponrad. »Es ist anders, als du denkt«, sagte der kleine Mann zu mir. »Ganz anders.«

»Lasst uns gehen.«

»Einen Moment.« Der Kleinwüchsige streckte seinen winzigen Zeigefinger in die Höhe. Ich weiß nicht, ob es daran lag, dass es so komisch aussah, oder ob es einen anderen Grund gab, aber wir blieben wie angewurzelt stehen. »Ich habe einen Namen für dich.«

»Einen Namen für mich?«

Er griff in die Brusttasche seines Jacketts, zog ein Papier hervor, notierte etwas darauf und überreichte es mir. Es war der Umschlag mit dem Geld. Auf die

Rückseite hatte er einen Namen geschrieben: *Kala, Saintes-Maries-de-la-Mer.*

»Sie ist nur eine Woche dort, besucht unsere Leute im Lager vor der Stadt. Es ist nicht ganz einfach zu finden, liegt abseits. Du musst die letzte Abzweigung vor Saintes-Maries-de-la-Mer nehmen, eine kleine Straße, ohne Schild. Pass auf, man fährt leicht daran vorbei. Der Straße folgst du einfach, sie endet direkt vor dem Lager.«

»Und diese Kala weiß, wo ich Papó finde?«

Er lächelte mich an und nickte.

Ich musste lachen. »Das ist ja wie bei einer Schnitzeljagd.«

Der kleine Mann brach wieder in sein ziegenhaftes Gemecker aus. Jop und Radu schauten mich aus großen Augen an. Sie schienen nur darauf zu warten, dass wir gingen. Ich schaute auf den Umschlag und wunderte mich wieder einmal, dass ich mich schon lange über nichts mehr wunderte.

Im Freien angekommen, blinzelten wir ins Sonnenlicht wie Bergleute, die gerade aus der Grube kommen.

Radu klopfte seine Taschen auf der Suche nach Zigaretten ab. »Mannomann, du hast Nerven.« Schließlich fand er eine Packung. »Du weißt«, sagte er, »es heißt, dass dieser große Kamponrad Halbtote wieder auferstehen lassen kann – und angeblich beherrscht er diesen Trick auch andersrum …«

Es dauerte, bis ich verstand, was er damit meinte. Ich wollte etwas erwidern, weil ich bezweifelte, dass der Dicke so ein Teufelskerl war, ließ es dann aber sein.

Vom anderen Ende der Gasse rollte Jops Lieferwagen auf uns zu, eine gelbe Staubwolke hinter sich herziehend. Ich reichte Radu den Umschlag, er holte das Geld heraus und gab mir den Umschlag wieder zurück. »Hier«, sagte er, »jetzt hast du, was du wolltest, eine Adresse.«

»Danke sehr«, sagte ich und umarmte ihn.

»Ho, ho, ho«, protestierte Jop, den ich daraufhin auch umarmte.

Im Chez Radu holte Jop unsere Taschen, ich schüttelte Radu die Hand, bedankte mich wieder und wieder, bis Jop zurück war. »Lass mich mal ran«, sagte er und drückte Radu, als würden er ihn nie wiedersehen. Dann ging alles ganz schnell, und wir saßen im Wagen und fuhren zurück nach Arles.

Noch vor Montpellier fielen mir die Augen zu. Ich träumte von Großmutter, die mich mit starren Augen ansah, ein funkelndes Kristallglas mit grünem Chartreuse in der Hand.

»Hast du unser Erbe aufgeteilt?«, fragte sie mich. »Hast du die Familie vereint?«

Ich hatte keine Zeit zu antworten, sie stellte bereits die nächsten Frage: »Wie findest du sie, deine neue Familie? Sag schon?«

Entnervt antwortete ich ihr: »Ich habe sie noch gar nicht gefunden.«

Aber da war Großmutter schon wieder verschwunden.

Wenn Papó tatsächlich mein Großvater war, stand zumindest eine Sache fest: dass meine neue Familie noch viel verrückter war als meine alte.

II

DIE ZWEITE THAÏS

Ich fuhr an überfluteten Weideflächen vorbei, blumengesprenkelten Wiesen, an Seen, an Höfen, zu denen kleine Brücken führten, die Wassergräben und Priele überquerten. Reiher flogen über mich hinweg, und auf einer langgestreckten Wiese sah ich weiße Camargue-Pferde grasen. Unter anderen Umständen hätte ich angehalten und fotografiert. Am Morgen hatte es geregnet, in den Senken kam das alte Cabrio ins Schlingern. Dabei rutschten meine Taschen auf der Rückbank hin und her, schlugen, wenn ich abbremste, gegen die Vordersitze. Wann immer das passierte, schwor ich mir, bei nächster Gelegenheit anzuhalten und die Sachen besser zu verstauen. Stattdessen fuhr ich weiter und weiter, als wäre ich auf der Flucht.

Ich schaute auf die Uhr. Noch eine gute halbe Stunde, dann würde ich Saintes-Maries-de-la-Mer erreichen, eine weitere, um den Platz zu finden, und vielleicht noch eine, um Kala aufzustöbern. In spätestens zwei Stunden würde ich wissen, wo der Cirque perdu sein Zelt aufgeschlagen hatte – wenn er denn eins besaß. Mit etwas Glück würde ich heute, spätestens morgen, Papó wiedersehen.

Mein Optimismus hatte Madame Raphael beunruhigt: »Ein bisschen viel ›wenn‹ für meinen Geschmack.« Da sie mich aber nicht von meinen Plänen abbringen konnte, wollte sie zumindest mein Überleben sichern: Neben mir im Weidenkorb lagen Unmengen Brot, Käse und Oliven, fein säuberlich in Plastikdosen verpackt. Im Keller hatte ich einen löchrigen Rucksack gefunden, den ich mit allem vollstopfte, was mir vielleicht nützlich sein könnte – was mich an die kleinen Koffer erinnerte, die Kinder packen, um von zu Hause fortzulaufen. Da waren die alte Taschenlampe, die ich früher zum Lesen unter der Bettdecke benutzt hatte, und das Transistorradio aus der Küche, von Victoria so oft mit gelbem Faserklebeband geflickt, dass es einen Sturz aus dem ersten Stock ohne größere Blessuren überstanden hätte. Das schmale Klappmesser, das ich beim Aufräumen in der Küche gefunden hatte – dem Geruch nach zu urteilen, hatte Victoria es zum Ausnehmen von Fischen benutzt –, und das Sturmfeuerzeug, das ich auf einem Pariser Flohmarkt gekauft hatte. Mit Tränen in den Augen hatte mir der vietnamesische Verkäufer erzählt, es habe einem amerikanischen GI gehört, den seine Familie während des Vietnamkriegs gesund gepflegt hatte. Zum Dank habe ihm der GI das Zippo geschenkt, er verbinde prägende Erinnerungen damit, deswegen der hohe Preis. Ein Jahr später hörte ich von einer vietnamesischen Kellnerin, dass in Vietnam massenweise Zippos graviert und auf alt getrimmt würden, um dann für viel Geld an amerikanische Touristen verscherbelt zu werden. Zu meiner Überraschung tat das jedoch meiner und der allgemeinen Begeisterung keinen Abbruch. Die Fälschergeschichte machte das Feuerzug nur noch interessanter: Es wurde von allen bestaunt, als wäre es das Gebiss eines Flugsauriers, was vielleicht auch an der Inschrift lag:

Wir sind die Unwilligen,
angeführt von den Unfähigen,
die das Unnötige tun für die Undankbaren.
AL BRADLEY, VIETNAM, DA NANG,
23rd ABG/AP, 1967–1968

Die trostlose Botschaft gefiel mir. Was waren schon die kleinen Unwägbarkeiten des Alltags gegen das sinnlose Sterben in Kriegszeiten? Man las die Gravur, steckte sich eine Fluppe an und war erleichtert, nicht wie Al gegen den Vietcong kämpfen zu müssen. Von uns beiden hatte definitiv Al Bradley den Kürzeren gezogen. Oft fragte ich mich, ob Al in meinem Alter war, als er in Da Nang seinen Dienst verrichtete, ob er ein hübscher Bursche war oder ein hässlicher Tölpel mit schlechten Zähnen, ob er noch lebte oder im Krieg gestorben war. Vielleicht hatte es ihn auch nie gegeben? Das mochte schon sein, aber ich konnte mir nicht vorstellen, dass jemand Namen, Standort, Bataillon und Dienstgrad erfand. Ich war mir sicher, dass sie echte Soldaten-Zippos als Vorlage nahmen und jetzt über die Welt verstreut jede Menge Feuerzeuge von Al Bradley vom 23rd ABG/AP ihren Dienst verrichteten, womit Al so etwas wie Unsterblichkeit erlangt hatte. Lange nach seinem Tod wurden sein Name und seine Geschichte weitergegeben – wer von uns kann darauf hoffen?

Ich steckte mir mit Al – so nannte ich das Feuerzeug – eine Zigarette an. Seit heute Morgen rauchte ich wieder. Nicht, dass ich stolz darauf gewesen wäre, aber es beruhigte eben meine Nerven. Als ich die Zigarette aus dem Fenster schnipste, bemerkte ich die Veränderung: Der würzige Kräuterduft war verflogen, die Luft trockener geworden, fast staubig. Längs der Straße erstreckten sich niedrige Lagerhallen und flache Becken, in denen aus Meerwasser Salz gewonnen wurde.

Ich fuhr langsamer. Allmählich musste ich mich meinem Ziel nähern. Ich hielt gespannt Ausschau, ob eine Straße auf die Beschreibung des großen Kamponrad passte, konnte aber keine Abfahrt entdecken. Gerade, als ich fluchend aufgeben wollte, sah ich einen breiten geteerten Weg, der schilderlos von der Hauptstraße abging und geradewegs ins Nichts zu führen schien. In letzter Sekunde riss ich das Lenkrad herum.

Über mir spannte sich ein ganzes Netz aus Überstromkabeln, die in einem futuristisch anmutenden Umspannwerk endeten. Nichts deutete darauf hin, dass hier Menschen lebten, aber ich folgte weiter der Straße. Nach einigen Kilometern wies ein Straßenschild auf eine Mülldeponie hin. Unruhig rutschte ich auf dem Sitz hin und her. Von einer Mülldeponie hatte der große Kamponrad nichts gesagt. Kurz darauf tauchte rechts von mir ein mannshoher Stacheldrahtzaun auf. Ein süßlicher Geruch lag in der Luft, der nach wenigen Metern zu Gestank wurde. Hastig kurbelte ich die Scheibe hoch. Hinter dem Zaun ragten die Gipfel bunter Müllberge in die Höhe. Am Pförtnerhäuschen lehnte ein schlaksiger junger Kerl in senffarbener Uniform. Drinnen saß ein weiterer Mann, von dem ich aber nur die Umrisse sah. Langsam rollte ich auf den Schlagbaum zu.

Der junge Mann in Uniform musterte mich über seine Sonnenbrille hinweg und setzte ein schiefes Grinsen auf. Das Funkgerät in seiner Hand quäkte, dann eine Männerstimme: »Ich glaub's nicht. Pascal hat den Typen in den Arsch gebissen, stell dir vor, so richtig in den Arsch! Verdient hat es der Wichser ja …«

Der junge Mann sprach ins Funkgerät: »Ich hab hier grad Besuch, wir reden später.« Dann zu mir: »Kann ich helfen, Mademoiselle?«

»Ihr Kollege beißt andere Leute?«

»Ja, aber nur solche, die sich unbefugt Zutritt verschaffen wollen.« Dabei steckte er seinen Daumen lässig hinter den Gürtel und hob eine Augenbraue.

»Was soll man hier schon klauen?«

»Es geht weniger um das Wegnehmen, mehr um das Herbringen. Illegale Müllabladungen. Ein gutes Geschäft, solange man dabei nicht erwischt wird.«

»Und Ihr Kollege hat so einen illegalen Ablader erwischt?«, fragte ich ungläubig. »Und gebissen?«

»Mein *Kollege* ist unser Schäferhund Pascal. Er hat einen unserer lieben Nachbarn erwischt ...«

»Was für Nachbarn?«

»Dahinten, auf dem Gelände der Stadt, hausen die. Kommen ständig her, sind frech wie Rotz.« Er redete sich in Rage. »Vor allem die Kinder, die gehen nicht mal zur Schule. Und glauben Sie ja nicht, dass die Polizei sie einsammelt. Nein, die dürfen alles! Die dürfen alles, sag ich Ihnen ...«

Sein Kollege trat vor die Tür, ein älterer Kerl mit eng zusammenstehenden Augen, die kräftigen Arme vor der Brust verschränkt. »Darf ich fragen, was Sie das alles angeht, Mademoiselle?«

»Reine Neugier«, antwortete ich und bemühte mich, möglichst harmlos auszusehen. »Ich habe einfach noch nie eine so gut bewachte Mülldeponie gesehen.«

»So, so. Ist aber nichts Besonderes. Wenn sonst nichts ist, können Sie jetzt gern weiterfahren und uns unsere Arbeit machen lassen.«

»Wird gemacht«, sagte ich und legte den Rückwärtsgang ein. Die Müllsheriffs warfen mir finstere Blicke zu. Ich grinste die beiden Idioten an.

»Was ist daran so komisch?«, fragte mich der Jüngere.

Ich antwortete nicht.

»Sie müssen gleich hier wenden«, sagte der andere, »dahinten beginnt das Lager, da wollen Sie nicht rein …«

Ich reagierte nicht.

»Du Hornochse, die hat sich nicht verfahren! Die will zu denen.« Er lief mit ausladenden Schritten auf mich zu. »Was wollen Sie? Sind Sie von der Stadt?« Er hatte mein Fenster fast erreicht. »Eine von denen, die diesem Pack Zucker in den Arsch blasen, während wir uns hier abschuften? Oder kommen Sie etwa von der Zeitung?« Er pflanzte sich vor dem Wagen auf: »Ihr müsst euch nicht den ganzen Tag mit denen rumschlagen – ihr nicht! Euch bewerfen sie nicht mit Steinen.«

Wahrscheinlich hätte ich jetzt Angst haben sollen, wahrscheinlich hätte ich den Mund halten sollen, stattdessen brüllte ich: »Nein, ich bin nicht von der Stadt, ich besuche *Freunde* – und hier stinkt nicht nur der Müll, also geh mir gefälligst aus dem Weg!«

Ich trat aufs Gaspedal, der Kerl sprang zur Seite. Beim Blick in den Rückspiegel sah ich eine große Staubwolke, aus der nur seine geballten Fäuste herausragten.

Nach einem halben Kilometer bog der Weg im rechten Winkel nach rechts zu einem eingetrockneten Abwasserkanal, über den eine unfertige Betonkonstruktion führte. Dahinter endete der Weg in einem staubigen Areal ohne erkennbare Vegetation. Dort standen sie, dicht an dicht, ein Wohnwagen neben dem anderen. Das Gewirr der Fernsehantennen blitzte im harten Licht der Mittagssonne.

Als ich näher kam, rannten mir ein paar Jungs entgegen. Ich fuhr langsamer, kurbelte die Scheibe herunter. Kreischend drängten sie sich um den Wagen.

»Kann mich jemand zu Kala bringen?«, rief ich. »Kennt die einer von euch?«

»Kala?« Ein Junge, der ein weißes, viel zu großes Hemd trug, an dem jeder zweite Knopf fehlte, drehte sich grinsend zu den anderen um. »Kokakala?« Wieder allgemeines Kreischen.

Ich trat auf die Bremse und sprang aus dem Wagen: »Der große Kamponrad schickt mich. Jeden von euch soll der Mulo holen, wenn ihr mir nicht auf der Stelle sagt, wo ich diese Kala finde, verstanden?«

Jetzt waren sie still. Der Begriff Mulo hatte sie schockiert. Ich zeigte mit ausgestrecktem Finger auf den Jungen mit dem weißen Hemd. »Sag mir deinen Namen, sofort!«

Er blickte sich zu den anderen um, die die Gelegenheit nutzten, um davonzulaufen. »Du bleibst schön hier!«, schrie ich, aber da war er schon auf und davon. Ich musste mich also selbst auf die Suche machen.

Als ich mich den Wohnwagen auf dreihundert Meter genähert hatte, tauchte der Junge mit dem weißen Hemd wieder auf. »Ich hab ihnen Bescheid gesagt. Sie kommen gleich.«

Die anderen Jungs lugten hinter den Wohnwagen hervor, als hätte man ihnen verboten, mir zu nahe zu kommen. Dann waren sie plötzlich verschwunden, und ein älterer Mann kam auf mich zu, von einer Frau gestützt. Sein Gesicht konnte ich nicht erkennen, er trug einen breitkrempigen Hut, unter dem man nur einen riesigen Schnauzbart sah.

»Wer ist der Mann?«, fragte ich den Jungen mit dem weißen Hemd.

»Das ist unser Chef.«

Von weitem rief mir der alte Mann »Guten Tag« entgegen. Seine Stimme war jünger und kräftiger, als ich vermutet hatte.

»Guten Tag«, rief ich zurück. Als die beiden näher kamen, sah ich seine lachenden dunklen Augen. Die Frau hielt den Kopf gesenkt. Ihre schwarzen Haare waren zu einem dicken Zopf geflochten, sie trug einen langen roten Glockenrock und dazu eine schlichte schwarze Strickjacke mit aufgesetzten roten Häkelrosen.

»Ich bin Thaïs Leblanc«, sagte ich. »Der große Kamponrad schickt mich.«

Er hob seinen Hut und deutete eine Verbeugung an: »Gäste, die der große Kamponrad schickt, sind uns immer willkommen. Mein Name ist Badi, Jacques Badi, ich vertrete unsere Gemeinschaft – und das ist«, er deutete auf die Frau neben ihm, »Madame Kalera, die mich heute unterstützt, mein Bein, Sie verstehen. Ich wäre Ihnen dankbar, wenn wir uns setzen könnten.« Langsam ließ er sich auf einem der drei Hocker nieder, die der Junge mit dem weißen Hemd uns hingestellt hatte.

»Wie können wir helfen?«, fragte er lachend und schlug dabei munter mit beiden Händen auf seine Oberschenkel. Ich mochte ihn auf Anhieb, sein theatralisches Auftreten erinnerte mich an Victoria – wenn sie einen guten Tag hatte.

»Der große Kamponrad meint, es gibt hier eine Frau namens Kala, und sie kann mir sagen, wo ich den Cirque perdu finde. Ich suche Papó, den Zirkusdirektor.«

Er nickte freundlich und zog eine dünne Zigarre aus seiner Brusttasche hervor. »Warum ist es denn …« – er zupfte sich einen Tabakkrümel von der Zungenspitze – »… so wichtig für Sie, dass Sie diesen Zirkus finden?«

»Eine Familienangelegenheit.«

Er blickte auf seine Zigarre, nahm einen Zug und ließ sie zwischen Ring und Mittelfinger auf und ab wippen. Er schien es nicht eilig zu haben. Unter seinem schwarzen Jackett trug er ein orange-braunes Hemd, dessen Muster selbst für einen Hotelteppichboden verwegen gewesen wäre, dazu eine Krawatte, breit wie eine Autobahn, aber mit noch mehr Streifen.

Der Junge mit dem weißen Hemd brachte ein Tablett, auf dem drei Teegläser standen. »Für unseren Gast«, sagte Monsieur Badi und reichte mir ein Glas, das zweite gab er seiner Begleiterin und nahm sich selbst das letzte. Zum ersten Mal schaute mich Madame Kalera direkt an, ihr Blick war so unnahbar, als würde ich in zwei Glasbausteine schauen. Wir schlürften den heißen, süßen Tee.

»Ich muss den Zirkus finden. Es ist sehr wichtig.«

»Darf man fragen, warum?«

»Es ist eine Probe, eine Probe, die ich bestehen muss, mehr weiß ich auch nicht. Ich hoffte, dass mir Kala mehr sagen könnte. Kann ich sie sprechen?«

»Was für eine Probe denn?«

»Ich glaube …«, ich zögerte einen Moment, »es ist eine Beharrlichkeitsprobe. Papó will wissen, wie ernst es mir ist.«

Seine Begleiterin stand auf und nickte Monsieur Badi zu. Er hob die Hand, stemmte sich in die Höhe, tat einen Schritt auf mich zu und reichte mir beide Hände: »Möge dein Weg gesegnet sein, mein Kind. Ich werde hier nicht mehr gebraucht.« Auf den Jungen gestützt, humpelte er davon.

»Du bist Kala«, sagte ich zu Madame Kalera.

Sie nickte: »Komm, setz dich neben mich. Ich brauche jetzt eine Zigarette. Möchtest du auch eine?« Sie hielt mir die zerknüllte Packung hin. Ich nahm mir eine und gab ihr mit Al Feuer. Hingebungsvoll zogen wir den Rauch in unsere Lungen, wie zwei Delinquenten, die ihre allerletzte Zigarette rauchen.

Zum ersten Mal lächelte sie. »Ich würde es nicht Beharrlichkeitsprobe nennen, eher Aufnahmeprüfung.«

»Aufnahmeprüfung – was soll das heißen? Lass mich raten! Gleich höre ich wieder, dass ich bald alles verstehen werde, richtig?«

»Es ist ganz einfach: Wenn du eine von uns werden willst, müssen eben ein paar Leute zustimmen. Papó braucht die Zustimmung der anderen.«

»Ich denke, ich bin sein Enkelkind? Da muss doch keiner zustimmen?«

»Darum geht es nicht. Es geht um deine Aufnahme als Mitglied unserer Gemeinschaft. Das ist etwas anderes.«

Die ewigen Prüfungen, unverständlichen Erklärungen, das ganze Hin und Her begannen mir auf die Nerven zu gehen. »Und wenn ich gar nicht aufgenommen werden will?«

»Niemand hat dich gezwungen, hier zu sein. Trotzdem sitzt du hier. Ist das Zufall oder hattest du gerade nichts Besseres vor?« Sie gab mir einen kräftigen Knuff gegen den Oberarm. »Ich glaube, es ist deine Bestimmung.« Sie stand auf und warf ihre Zigarette fort. »Wenn du nicht mehr willst, bitte – da steht dein Wagen. Fahr in dein altes Leben zurück. Ich werde dich nicht aufhalten.« Sie breitete die Arme aus, schloss die Augen, lächelte und blieb eine ganze Weile in dieser seltsamen Haltung stehen. Dann öffnete sie ein Auge und schaute mich an. »Nanu, du bist du ja immer noch da. Wenn du jetzt nicht das Weite suchst, wirst du es später vielleicht bereuen.«

»Ich weiß selber nicht, warum ich noch hier bin«, sagte ich und schaute zu Boden.

»Du hast dir deine Augenfarbe nicht ausgesucht, deine Statur oder die Form deiner Ohren. Und das hier hast du dir ebenso wenig ausgesucht. Es gibt keinen Grund, sich darüber zu ärgern oder sich davor zu fürchten. Es ist so bestimmt. Fertig. Dir dämmert langsam, dass du mehr bist als nur dieses Mädchen, das jemand Thaïs getauft hat. Wir alle sind so viel mehr. Die meisten Leute wollen es nur nicht wahrhaben, weil es ihnen eine Heidenangst macht. Sie haben genug Probleme damit, sich in der Welt zurechtzufinden, sie brauchen nicht noch mehr Herausforderungen. Dein Großvater ist an deiner Seite, und das ist ein großes Glück. Er wird dich auf deinen ersten Auftritt vorbereiten. Wenn er gelingt, bist du eine von uns. Ich kann etwas weibliche Unterstützung gut gebrauchen.« Sie zeigte mir ihre Handflächen. »Schau sie dir an«, sagte sie, »daran erkennst du uns.«

Sieben Punkte. Exakt auf die sich kreuzenden Lebenslinien gestochen. Runde tätowierte Flecken, die blaugrün unter der Haut schimmerten wie kleine Schildkröten in einem seichten Teich.

Kala zog einen Zettel aus ihrer Jackentasche und strich ihn glatt. In Blockbuchstaben stand darauf: *VOSNÉ*.

»Oben in den Pyrenäen« sagte sie, »haben sie ihr Lager aufgeschlagen. Frag mich nicht, warum gerade da, es würde auch einfacher gehen, aber so ist dein Großvater eben. Einfach liegt ihm nicht. Sie hausen im Nirgendwo, unmöglich zu finden, deshalb hat er Vosné als Treffpunkt ausgewählt. Ist ein kleiner Ort oben in den Bergen, nur ein paar Häuser. Am besten du fährst nach Céret und fragst dort nach dem Weg. Er meinte, in Céret kennen viele dieses Vosné, hat wohl eine traurige Berühmtheit erlangt.«

»Wann soll ich da sein?«

»Bei Vollmond.«

»Bei Vollmond?« Ich lachte.

»Was ist daran so lustig?« Sie warf mir einen verständnislosen Blick zu. »Gibt es jeden Monat nur einmal, und selbst ein Vollidiot kann den Tag leicht ausfindig machen. Man muss nur abends in den Himmel gucken.«

»Kein Problem. Bei Vollmond also.«

»In drei Tagen ist es so weit – falls du den Mond nicht lesen kannst. Zwischen acht und neun Uhr abends, genau für eine Stunde, nicht länger. Ich denke, sie schicken den Rumänen, und bei dem weiß man nie, ob er bis neun wartet. Sei also besser pünktlich.« Sie warf mir einen prüfenden Blick zu. »Wenn du es vermasselst, musst du einen Monat warten.«

Ich nickte, wollte etwas sagen, als sie mich unvermittelt in den Arm nahm und mir zuflüsterte: »Ich bin froh, dass du gekommen bist, Papó braucht dich, er braucht dich!« Sie ließ mich los und lächelte mich an, ihr Gesicht erschien auf einmal so weich, als würde es einer anderen Person gehören. Kurz bevor sie zwischen den Wagen verschwand, rief sie noch: »Wir werden uns wiedersehen.«

An der nächsten Tankstelle besorgte ich mir eine Autokarte der Region Pyrénées-Orientales und notierte die wichtigen Abzweigungen auf der Rückseite einer Frauenzeitschrift. Das Heft hatte ich wegen der Titelgeschichte über Sekten gekauft. Ich setzte mich ins Café neben der Tankstelle und las. Alle Sekten würden sich des gleichen Sieben-Schritte-Programms bedienen, hieß es dort. Erster Schritt: Die Neuen werden aus ihrem Umfeld herausgerissen. Zweitens: Sie werden systematisch von ihren Familien und Freunden entfremdet. Drittens: Sie werden genötigt, ihre Anstellungen aufzugeben, und dadurch finanziell abhängig gemacht. Fünftens: Sie werden durch wechselnde Aufgaben und Prüfungen psychisch destabilisiert. Sechstens: Ihnen wird ein neues Weltbild eingetrichtert, das vermeintlich Halt verspricht. Siebtens: In einem großen Einführungsritual bekommen sie eine neue Identität und einen neuen Namen.

Die Hälfte der Punkte traf auch auf mich und den Cirque perdu zu. Mindestens die Hälfte!, rief mein Verstand. Sei auf der Hut, die wollen dich in ihren Bann ziehen, die haben sonst was mit dir vor! Ich musste an meine Arbeitskollegin Cyrielle denken, die ihre siebenköpfige Familie – allesamt strenggläubige Zeugen Jehovas – verlassen hatte, um, wie ich, in Paris ein neues Leben zu beginnen. Nach einer kurzen Phase stiller Freude über die gewonnene Freiheit geriet ihr Glück zu einem lautstarken Spektakel. Es endete in einem totalen Drogenabsturz, der sie erst den Job kostete und dann die Freunde – zumindest jene, die keine Einstiche in den Armbeugen hatten. Nach einem Aufenthalt in staatlicher Obhut kehrte sie reumütig zu ihren Eltern zurück und stand bald wieder mit versteinertem Lächeln vor dem Carrefour in ihrem Heimatort, den *Wachtturm* in den Händen.

Ich fuhr weiter und versuchte mich damit zu beruhigen, dass im Zusammenhang mit Zigeunern niemand von einer Sekte sprach. Trotzdem präsentierte mir meine Phantasie die schönsten Horrorszenarien: die Verschleppung durch einen Mädchenhändlerring, der vom Rumänen geleitet wurde, die Anwerbung zum Drogenkurier durch Papó oder die Zwangsrekrutierung bei den baskischen Separatisten der ETA durch Bajou.

Kurz vor Céret entdeckte ich eine altmodische Tankstation mit zwei Zapfsäulen vor einem winzigen Glashäuschen. Dort wollte ich nach dem Weg fragen. Der Tankwart war ein blasser Mann, und sein Stimme war so dünn und durchscheinend wie sein rotblondes Haar.

»Volltanken?«, fragte er mich unsicher, als wäre die Frage eine Anmaßung. Ich mochte nicht nein sagen, obwohl ich noch reichlich Benzin hatte.

»Kennen Sie zufällig Vosné? Ein kleiner Ort oben in den Bergen.«

»Und ob ich das kenne, ich bin dort geboren. Bin erst vor vier Jahren hier runter, nach dem Unglück. Roger Le Goff, sehr erfreut. Was treibt Sie nach Vosné, Mademoiselle?«

»Na ja«, kurz zögerte ich. »Ich möchte Pilze sammeln.« Augenblicklich bereute ich, so einen Mist gesagt zu haben. Wenn er sich nur einen Funken mit Pilzen auskannte, war ich geliefert.

Er zog die Augenbrauen zusammen. »Pilze? In Vosné? Hab ich noch nie von gehört. Kenn mich aber auch nicht so aus mit Pilzen …«

»Eine ganz spezielle Sorte, die es nur da oben gibt …«

»Wollen Sie heute noch hoch?« Sein Blick war seltsam unstet.

»Würd' ich ja gern, aber Vosné ist auf meiner Karte nicht verzeichnet.«

»Seit dem Unglück nicht mehr, diese Idioten …« Wieder dieser Blick ins Nichts.

»Was für ein Unglück?«

»Vollgetankt!«, rief er erleichtert aus, als hätte er eine olympische Bestleistung erbracht. Er hatte eine halbe Ewigkeit für die elf Liter gebraucht. »Kommen Sie mit! Ich zeig's Ihnen drinnen auf der Karte.«

Ich folgte ihm in das gläserne Tankwarthäuschen. Die Luft war abgestanden, es roch nach warmem Motoröl. Ich zahlte. Im Austausch gegen die handschriftliche Tankquittung gab ich ihm die Straßenkarte. Er machte ein Kreuz auf einer kaum sichtbaren Bergstraße und schrieb dazu: 43,5.

»Hier, bitte sehr. Sie müssen sich an den Kilometersteinen orientieren.«

»Danke. Sie helfen mir sehr.«

»Darf ich Sie um einen Gefallen bitten: Könnten Sie meiner Mutter Grüße von mir ausrichten. Ich sehe sie nur noch selten.«

»Nun, ich habe aber nicht viel Zeit, ich muss heute noch zurück nach Céret, um mir eine Unterkunft für die Nacht zu suchen.«

»Das brauchen sie nicht, Mademoiselle, meine Mutter wird liebend gern ein Zimmer für Sie herrichten.«

All meine Proteste halfen nichts. Er bestand darauf. Kost und Logis würden mich nichts kosten, Gastfreundschaft sei den Katalanen heilig. Er brachte mich zum Wagen, betonte wieder und wieder, wie sehr sich seine Mutter über meinen Besuch freuen würde, weil es dort oben, wie er sich ausdrückte, »ja nur noch sieben Ziegen, fünf Greise und drei Häuser gibt«. Das Haus seiner Mutter würde ich an der Laterne über dem Portal erkennen. Zum Abschied lehnte er sich in das geöffnete Fenster meines Wagens: »Leben Sie wohl, Mademoiselle, und grüßen Sie meine Mutter!«

Als ich mein Ziel erreichte, verschwand die Sonne gerade hinter dem Bergkamm. Ich hielt zwischen großen Pinien und blieb im Wagen sitzen. Das also war Vosné. Drei Häuser, hintereinander in den Hang gedrückt. Warum war ich nicht über Nacht in Céret geblieben, in irgendeinem Hotel? Dort hätte ich meine Ruhe gehabt, hier musste ich Konversation treiben, mit einer Wildfremden. Gerade als ich überlegte, den Zündschlüssel umzudrehen und einfach abzuhauen, klopfte es an die Scheibe. Neben dem Wagen stand eine ältere Frau, das weiße Haar wehte ihr ums Gesicht. Sie stand so dicht vor der Wagentür, dass ich sie nicht öffnen konnte. Ich kurbelte die Scheibe herunter.

»Mademoiselle, sind Sie es?«, fragte sie mit einer Stimme, die klang, als würde sie nur für besondere Anlässe benutzt. »Sie müssen die Mademoiselle sein, die hier Pilze sammeln will.«

»Richtig, Madame, das bin ich. Thaïs Leblanc, sehr angenehm.«

»Ganz meinerseits«, erwiderte sie. »Kann ich Ihnen mit dem Gepäck behilflich sein?«

»Nein danke, ich habe nur einen Rucksack.«

Als ich ausgestiegen war, fielen mir ihre milchigtrüben Pupillen auf.

Sie schien meine Gedanken lesen zu können: »Grauer Star, wissen Sie, mit dem Sehen hab ich so meine Probleme.«

»Das muss schlimm für Sie sein.« Etwas Schlaueres fiel mir nicht ein.

Sie lächelte sanft, wie eine der Geishas auf dem japanischen Teeservice von Victoria. »Ich komme zurecht. Am besten zeige ich Ihnen gleich Ihr Zimmer.«

Wir gingen hinein. Ein feiner Geruch lag in der Luft, ein Geruch, der mir vertraut war. Vor der Holztreppe blieb sie kurz stehen und bestieg dann, ohne den Handlauf zu benutzen, mit sorgfältig gesetzten Schritten die Treppe. Oben öffnete sie die zweite Tür. »Das ist Ihr Zimmer«, sagte sie leise und deutete in einen kleinen, kargen Raum, der an eine Klosterzelle erinnerte, mit einem Fenster schmal wie eine Schießscharte.

»Sehr schön«, sagte ich, was nicht gelogen war, schließlich hatte ich erwartet, im Jugendzimmer des Tankwarts unter Fußballerstickern zu übernachten. Ich legte meinen Rucksack neben das Bett, auf dem eine weiße Häkeldecke lag.

»Frisch bezogen«, sagte sie.

Durch das kleine geöffnete Fenster drang kaum Licht in den Raum, dafür duftete es nach Pinien. Sie stand noch immer an der Tür.

»Vielen Dank, wirklich sehr schön«, sagte ich und lächelte, obwohl nichts darauf hindeutete, dass sie mein Lächeln sehen konnte.

»Ich habe etwas zu essen für Sie vorbereitet, nichts Aufwendiges. Wenn ich Sie dazu in die Küche bitten dürfte?«

»Ich würde mir vorher gern die Hände waschen …«

»Zweite Tür links – ich erwarte Sie unten.« Sie

drehte sich zur Treppe, schien alles wie eine Fledermaus mit einem geheimen Orientierungssinn zu erfassen und ging mit sicheren Schritten hinunter. Mittlerweile war ich überzeugt, dass sie überhaupt nichts sah.

Das Haus war in Dämmerlicht gehüllt, in jedem Raum glimmte nur eine einzelne schwache Glühbirne. Im Badezimmer hätte man Filme entwickeln können. Ich war ein Eindringling in einem Schattenreich. Trotz der Dunkelheit wirkte das Haus freundlich, vielleicht weil es überall so gut roch. Im Badezimmer duftete es nach Rosenblättern, die in großen bauchigen Gläsern auslagen, und in meinem Zimmer verströmten die Pinien so intensiv ihr Aroma, als würde das Harz von der Decke tropfen. Nur den Geruch auf der Treppe und im Flur konnte ich nicht einordnen.

Madame Le Goff hatte die Tür zur Küche offen gelassen. Als ich eintrat, sagte sie: »Bienenwachs.«

Ich verstand nicht, was sie meinte.

»Der Duft im Treppenhaus: Es ist Bienenwachs. Ich habe gehört, wie Sie Ihre Nase bemühten. Ein sehr zarter Duft, das Wachs bindet ihn. Ich sehe nichts mehr, aber mein Gehör- und Geruchssinn funktionieren dafür umso besser.«

Sie stand vor einem alten gusseisernen Herd, die Klappe war geöffnet, kleine Holzscheite brannten darin. Auf dem runden Tisch standen eine bauchigen Terrine und zwei Teller.

»Riechen Sie das?«, fragte sie mich. »Muscheln, unten aus dem Meer, und Pilze von hier oben aus den Bergen.« Sie zögerte, dann fügte sie hinzu: »Gekauft, nicht selbst gesammelt! Der Gegensatz von Meer und Bergen. Das ist die Küche unserer Gegend. Meinem Sohn ist das sehr wichtig, die katalanischen Wurzeln. Mir nicht so sehr. Ich antworte auf die Frage, als was ich mich fühle – ob als Französin oder Katalanin –, einfach mit ›mediterran‹.«

Ich fühlte mich wie auf einem Umsteigebahnhof, ein Ort, den man kaum wahrnimmt, an dem man belanglose Gespräche führt, bloß um die Zeit zu überbrücken. Die ganze Aufmerksamkeit gehört der Zukunft, die Gegenwart liegt bereits hinter einem. Ich lobte das Essen. Gesprächspausen entstanden, wurden länger, bis schließlich Stille herrschte. Keine Uhr tickte. Nichts. Nur das gelegentliche Knacken des Holzes im Ofen.

»Was ist mit dem Ort geschehen?«, fragte ich schließlich. »Ihr Sohn meinte, Vosné sei früher größer gewesen.«

»Ein Erdrutsch hat alles in den Abgrund gerissen. Alle Häuser, die auf der anderen Seite der Straße lagen.« Sie starrte einen imaginären Punkt auf dem Boden an. »Über zwanzig Jahre ist das her. Ein schreckliches Unglück, über dessen Ursachen die Leute bis heute spekulieren. Es hat eine offizielle Untersuchung gegeben. Geologen waren da, Leute vom Forstamt, und am Ende haben sie behauptet, es sei der Regen gewesen. Zu viel Regen. Stellen Sie sich das vor. Sie haben uns, den letzten fünf Menschen im Dorf, weismachen wollen, der Regen sei schuld gewesen. Aber das glaubt doch niemand.«

»Was glauben Sie, war der Grund?«

»Die Bäume, sie haben zu viele Bäume abgeholzt. Mein Mann hat immer gesagt, es sind die Wurzeln der Bäume, die uns hier im Hang halten, aber die haben immer weiter abgeholzt. Des Geldes wegen, darum geht es ja immer, ums Geld.«

Ich brachte nur ein »Unglaublich« zustande und ein Kopfschütteln, das sie nicht sah.

Noch leiser, fast tonlos redete sie weiter: »Mein Mann hatte im Garten meiner Eltern, drüben auf der anderen Straßenseite, eine große Voliere gebaut. Für unsere Tochter. Dompfaffen flogen darin herum, Bluthänflinge, Kreuzschnäbel, Kernbeißer, Stieglitze, Erlenzeisige, Girlitze. Am Tag des Unglücks ging ich in der Frühe mit meiner Tochter hinüber. Sie lief in den Garten, öffnete die Voliere und ließ die Vögel fliegen: ›Wir werden uns alle im Himmel wiedersehen, aber heute dürft ihr noch nicht sterben.‹ Stellen Sie sich das vor, da steht dieses kleine Mädchen von sieben Jahren vor mir, nimmt meine Hand und sagt: ›Wir werden uns alle im Himmel wiedersehen‹, und fügt noch hinzu, ich soll mir keine Sorgen machen.

Und *wie* ich mir Sorgen gemacht habe. Mein Mann durfte das Kind keinen Augenblick allein lassen. Im Laufe des Tages beruhigte ich mich langsam, redete mir ein, dass sie nur schlecht geträumt hatte. Am

Nachmittag ging mein Mann mit ihr zu meinen Eltern – ich blieb mit unserem Sohn, er war damals neun, hier im Haus. Wir hatten es gerade gebaut, waren so glücklich, wirklich glücklich. Und dann, es war halb vier, hörte ich es. Ich werde dieses Geräusch mein Lebtag nicht vergessen. Wie ein tiefes Stöhnen klang es zuerst. Dann ein unvorstellbares Tosen, als würde die Welt untergehen – und das ist ja auch passiert, die Welt ist untergegangen. Meine Welt. Nur mein Junge ist mir geblieben.« Ihr Blick war leerer denn je. »Immer wieder höre ich meine Tochter sagen: *Wir werden uns alle im Himmel wiedersehen.* Keiner hat mir diese Geschichte geglaubt. Auch mein Sohn nicht, obwohl er mich liebt. Und als ich dann auch mein Augenlicht verlor, waren die Ärzte endgültig der Überzeugung, das seien die Nerven.« Sie stand auf und begann den Tisch abzuräumen. »Ich weiß gar nicht, warum ich Ihnen das alles erzähle. Ich habe schon lange nicht mehr darüber gesprochen.« Sie stockte kurz. »Glauben Sie an solche Dinge, Mademoiselle?«

»Ich glaube nicht an Zufälle«, sagte ich und ergriff ihre kalten zitternden Hände, so wie es Madame Raphael bei mir getan hätte. »Ich glaube auch nicht, dass die Zeit sich an Uhrzeiger hält. Ich bin mir sicher, die Zeit vergeht mal langsamer und mal schneller, und manchmal befindet sich ein Mensch vielleicht schon etwas weiter in der Zeit und sieht dort Dinge, die erst noch passieren werden.«

Sie schaute vage in meine Richtung, löste ihre

Hände von meinen, richtete sich auf, als hätte sie gerade schweres Gepäck abgestellt. »Ich danke Ihnen. Ich danke Ihnen von Herzen für Ihre Worte. Es tut gut, jemandem zu begegnen, der einen nicht gleich für verrückt hält, nur weil man Dinge in Betracht zieht, für die wir keine Erklärung haben.« Ihre Mondsteinaugen füllten sich mit Tränen, dann atmete sie tief ein und drückte den Rücken durch. »Mademoiselle, Sie hören sich an, als ob Sie Ähnliches erlebt hätten?«

Ich wollte gerade verneinen, als das Bild wieder vor meinen Augen auftauchte. Seit Jahren hatte ich keinen Gedanken mehr an jenen Morgen verschwendet. Ich erschrak über die Wucht der Erinnerung.

»Nein, so etwas habe ich noch nie erlebt, aber ich weiß, wie es sich anfühlt«, sagte ich, und das war nicht gelogen. Ich hatte die Geschichte noch nie jemandem erzählt. Es war eigentlich ja auch nicht *meine* Geschichte, ich konnte sie nicht weitererzählen. Heute nicht.

»Ich glaube nicht mehr an Gott«, sagte sie sehr bestimmt. »Er hat mich zusammen mit meiner Tochter verlassen. Wenn es ihn doch gibt, den gütigen Gott, wie er in der Kirche angebetet wird, dann wird er mich zu meiner Familie in den Himmel lassen, dann wird er mir den Zutritt nicht verwehren.« Sie lachte – ein brüchiges, hoffnungsloses Lachen. »Und wenn es ihn nicht gibt, dann ist es auch egal.«

Mit einer anderen, einer förmlicheren Stimme, sagte sie: »Mademoiselle, ich werde bald schlafen gehen. Ich wünsche Ihnen eine gute Nacht. Wenn Sie morgen sehr zeitig zum Pilzsammeln gehen wollen, lassen Sie sich bitte nicht aufhalten, ich bin keine Frühaufsteherin.«

Meine blöde Lüge, ich hatte sie bereits vergessen. »Wer weiß, ob ich überhaupt welche finde …«

»Wir werden sehen«, sagte sie und schenkte mir ein letztes Lächeln.

Ich ging nach oben in mein Zimmer, setzte mich gedankenverloren auf die Bettkante und dachte an das Geheimnis, das ich mit niemandem teilen konnte, weil es nicht mir gehörte, sondern der anderen Thaïs Leblanc, die niemand kannte außer mir – der Thaïs, die spürte, wenn sich die Zeit dehnte, wenn sie sprang, vor und wieder zurück; der Thaïs, die den Pferdekopf an der Decke sprechen hörte, die nickte, wenn sie Geschichten wie die von Madame Le Goff hörte; der Thaïs, die wusste, dass meine Zeit mit Daniel vorüber war; der Thaïs, die mich durch die Pyrenäen hetzte, auf der Suche nach einem Zirkus, der wahrscheinlich gar kein Zirkus war, sondern eine wundersame Gemeinschaft von Spinnern; der Thaïs, die mir, wenn ich mich ängstigte, zuflüsterte: *Keine Angst. Das Unbekannte ist unser Zuhause.*

Diese Thaïs trat am Morgen des 17. Dezember 1967 in mein Leben. Wir gastierten in der Gegend um Epernay, ich glaube, der Ort hieß Le Baizil. Damals war ich dreizehn Jahre alt und wollte unbedingt Schlittschuh laufen gehen. Eine der vielen Sachen, für die Victoria kein Verständnis hatte, weshalb ich mich auf Socken aus dem Wagen schlich. Draußen schlüpfte ich in meine Stiefel, zog die Schlittschuhe aus der Futterkiste und lief zum See: La Grande Malneue. Ich wollte unbedingt die Erste sein, meine Spuren ins unberührte Eis kratzen. Ich weiß noch, wie mir die Schlittschuhe im Takt der Schritte gegen Brust und Rücken schlugen. Die anderen Geräusche der Welt schienen im frisch gefallenen Schnee versunken zu sein. Nur einmal wurde die Ruhe durch das Krächzen zweier Raben durchschnitten. Als ich den See fast erreicht hatte, konnte ich nicht anders: Das letzte Stück musste ich rennen. Keuchend kam ich am Ufer an und schaute auf die riesige Eisfläche, die matt im diffusen Winterlicht schimmerte. Auf der anderen Uferseite flogen schnatternd Enten auf. Damals dachte ich: So muss sich Glück anfühlen. Hastig zwängte ich meine Füße in die steinharten Schlittschuhe, brach mir einen Weg durch den gefrorenen Pompesel, der unter mir wie Glas zersplitterte. Dann stand ich auf dem Eis, bewegte mich langsam voran, nahm Fahrt auf und raste hinaus auf die riesige Eisfläche, hinein in dieses unbestimmte Licht, in dem es keinen Horizont gab, kein Oben und kein Unten.

Ich lief immer weiter, hörte das Kratzen meiner Kufen, drehte mich, juchzte über die sich kringelnden Linien auf dem spiegelglatten Eis. Ich lief, bis ich meine Zehen nicht mehr spürte, konnte aber nicht aufhören, fuhr immer weiter, bis ich kein Gefühl mehr in den Füßen hatte. Eine Runde wollte ich noch drehen. Die Augen geschlossen, wie im Rausch, flog ich dem Ostufer entgegen, meinte Stimmen zu hören, fern und undeutlich, öffnete die Augen, raste auf die Uferlinie zu, hatte sie fast erreicht, als das Eis unter mir einen tiefen, klagenden Ton von sich gab und ich, noch bevor ich wusste, was los war, mit Getöse in der Tiefe verschwand. Mit Armen und Beinen rudernd, suchte ich Halt – die scharfe Kante des Eises tauchte direkt vor mir auf, mein Kopf stieß durch die Wasseroberfläche, einmal konnte ich nach Luft schnappen, sah die eigene Hand ins milchige Licht des Winterhimmels greifen und versank wieder im eisigen Blaugrün des Sees. In meinen Ohren blubberte das Wasser, vor meinen Augen kippten die Bilder hin und her: tanzende Bläschen; mein rostbraunes Wollkleid im Wasser, pulsierend wie eine Qualle; dann wieder meine Arme und Hände, die noch einmal die Kante zu packen versuchten, aber sie nur zu Eisstückchen zerbrachen. Keine Bläschen mehr, keine strampelnden Beine. Nur das Blaugrün um mich herum, und plötzlich Stille. Reglos starrte ich hinab, in die Tiefe. Ganz ruhig, ohne jedes Entsetzen.

In diesem Moment hörte es auf, hörte alles auf – als hätte jemand einen riesigen Schalter betätigt und die Welt ausgeschaltet. Damals passierte es zum ersten Mal: Die Zeit dehnte sich. Aus ein, zwei Sekunden wurde eine Ewigkeit. Ich war mir vollkommen sicher, in die Unendlichkeit zu blicken. Und die Unendlichkeit sah mich an. Zum ersten Mal hatte ich nicht mehr das Gefühl, allein durch eine kalte leere Welt zu wandeln, fühlte nicht den Schmerz des Getrenntseins von allem, sondern war Teil des großen Ganzen, war Teil der Unendlichkeit, und die Unendlichkeit war ein Teil von mir. Endlich angekommen.

Doch irgendwer legte den Schalter wieder um. Kräftige Arme zogen mich aus dem Wasser. Ich sah meinen eigenen Körper dampfend auf dem Eis liegen, war für einen Augenblick überall und nirgends. Hörte den tosenden Lärm der Welt. Ich krümmte mich, erbrach Wasser. Schlüpfte zurück in meinen schmerzenden Körper, und alles war wieder da: die Kälte, die Angst, das Gefühl der Getrenntheit. Ich war am Leben und wieder allein.

Die Thaïs, die damals auf das Eis gezogen wurde, war mein Ego, ich kannte es und mochte es – meistens zumindest. Aber nach diesem Morgen des 17. Dezember 1967 wusste ich, dass es noch eine andere Thaïs gab, die nur im Verborgenen existierte. Eine Thaïs, die vielleicht älter war, vielleicht auch jünger. Eine Thaïs, die größer war als mein Ego – eine Thaïs, die kein Interesse an Make-up hatte, die nicht besser aussehen wollte als andere Mädchen, die keine Komplimente brauchte und sich nicht über Speckröllchen ärgerte, eine Thaïs, die keine Popsänger anhimmelte und nicht auf den Gewinn der Schultombola hoffte und auch nicht auf den ersten Kuss. Eine Thaïs, die einfach nur da war, mit großen runden Augen das Leben bestaunte und sich an allem erfreute, ganz gleich, was es war. Weil alles Leben in ihr war und sie in allem Leben. Über diese Thaïs sprach ich nie mit jemandem.

Die andere Thaïs, die stille, genügsame Thaïs fand keine Freunde. Und ein Jahr später, als ich vierzehn wurde, ließ auch ich sie im Stich – wie die kleine Schwester, die man irgendwann nicht mehr mit auf Partys nimmt, weil sie einem peinlich ist. Doch seit dem Tod von Großmutter war sie wieder bei mir, und langsam dämmerte mir, dass sie vielleicht niemals fort gewesen war. Am Ende wird sie das Einzige sein, was von mir übrig bleibt. Das, was keiner retten muss, weil es ewig ist.

Am nächsten Morgen verließ ich früh das Haus und fuhr nach Céret. Im Grand Café, das einmal Treffpunkt der Kubisten gewesen war, wie mich das kostenlose Touristenfaltblatt belehrte, trank ich einen Kaffee. Anschließend besichtigte ich die Teufelsbrücke, eine von drei mittelalterlichen Brücken, die der Teufel in einer Nacht erbaut haben soll. Ich kaufte eine Tüte Pfirsiche, tat so, als wäre ich eine ganz normale Touristin. Und erfuhr einmal mehr, dass die Zeit unterschiedlich schnell vergeht: Der Tag schleppte sich dahin. Nachdem ich das Museum für Musikinstrumente besucht hatte, ging ich in ein katalanisches Restaurant, aß dort aber Steak Frites, was nicht besonders katalanisch war, mir aber trotzdem sehr gut schmeckte. Danach ging ich noch einmal ins Grand Café. Es war fünf. Ich schrieb jedem Pariser, den ich kannte – Daniel ausgenommen –, eine Postkarte mit dem nichtssagenden Text: »Herzliche Grüße von Thaïs aus dem schönen Céret!«

Als es endlich sechs schlug, ging ich zum Wagen und fuhr zurück. Um kurz vor acht – ich war unerträglich langsam gefahren – kam ich in Vosné an. Es hatte zu regnen begonnen, die nasse Straße glänzte silbrig im Mondschein. Ich musste jetzt dringend eine rauchen und drehte die Scheibe runter.

»Na endlich!«

Ich brauchte nicht hinzusehen, um zu wissen, dass es der Rumäne war und dass er schlechte Laune hatte.

»Ich war noch nie so froh, deine Stimme zu hören«, sagte ich und bereute es sofort, denn alles, was ihm dazu einfiel, war:

»Fahr mir hinterher.«

12

AUF DEM BERG DER ANGST

Durchs Fenster blickte ich auf die nassen Rücken der Pferde, die sich dicht an dicht vor meinem Wagen drängten. Über ihren Köpfen stürmten dunkle Wolken vom Meer heran. Es regnete ohne Unterlass. Die ablaufenden Wassermassen spülten schlammige Kanäle in den Boden, die sich laut gurgelnd um die Wagen herumschlängelten.

Ich hauste in einem schäbigen Wagen zwischen Pferdegeschirr, Stroh, rostigen Werkzeugen und einem Berg leerer Schnapsflaschen, die der Rumäne angeblich sammelte, um darin das Petroleum für die Lampen abzufüllen. Alles, wofür ein Mensch nur Verwendung haben konnte, fand sich in diesem Wagen. Man musste nur lange genug wühlen. Für mich sah es dort aus wie in einem möblierten Bombenkrater, dessen Zentrum ein Feldbett war – mein neues Zuhause.

In Vosné war der Rumäne auf dem Pferd vor mir hergeritten, eine halbe Stunde lang musste ich ihm im Schritttempo folgen. Der eigentliche Aufstieg begann, nachdem ich mein Auto hinter einem großen Busch abgestellt hatte: ein beschwerlicher Fußmarsch von zwei Stunden, in strömendem Regen. Der Rumäne zerrte das Pferd hinter sich her, das mit meinem Rucksack, einer Tasche und einem Dutzend speckiger Lederbeutel bepackt war. Kurz vor Mitternacht erreichten wir – nach einem letzten, besonders steilen Anstieg – ein von windschiefen Zypressen gesäumtes Plateau.

»Wir sind da.«

Erst jetzt sah ich sie – als wären sie gerade aus dem Gras gewachsen –, Zirkuswagen, deren regennasse Dächer im fahlen Licht des Mondes schimmerten.

Der Rumäne führte mich zu einem Wagen. »Nur der Gerätewagen«, sagte er, schloss auf und deutete in den düsteren Raum. »Muss erst mal reichen.«

Ich war zu erledigt, um zu protestieren. Ich zog meine durchnässten Kleider aus, warf mich auf das Feldbett, hüllte mich in zwei kratzige Wolldecken und lauschte dem Regen, der auf die Teerpappe des Tonnendaches prasselte. Mein letzter Gedanke war, dass es nicht mehr schlimmer werden konnte. Ein Irrtum.

Beim Frühstück am nächsten Morgen – ein Becher bitterer Tee mit einem Stück Zucker – fragte ich den Rumänen, wann ich Pápo sehen könne.

»Geht Papó nicht gut, *überhaupt* nicht gut. Morgen, morgen geht ihm besser. Bajou redet mit dir, kommt morgen.«

Ich verbrachte den Vormittag damit, meine Sachen über dem winzigen Ofen zu trocknen, der kaum mehr Wärme spendete als eine Tüte backfrischer Croissants. In stundenlanger Arbeit baute ich eine Wäschespinne aus Drahtbügeln, die ich über dem Ofen aufhängte, wo sie sich wie ein großes Mobile drehte. Ich holte Victorias Transistorradio aus dem Rucksack und schaltete es an, ein spanischer Sprecher verlas die Nachrichten. Ich drehte an der Senderwahl, stoppte bei Otis Redding: … *Watchin' the tide roll away, ooh, sittin' on the dock of the bay, wastin' time, wastin' time …*

Kurz nach Einbruch der Dämmerung kam der Rumäne mit einem dampfenden Topf zur Tür herein. »Huhn und Bohnen«, sagte er knapp. Beim Essen versuchte ich mehr über Papós Zustand zu erfahren. Vergeblich. Irgendwann saßen wir nur noch schweigend nebeneinander auf dem Feldbett. Im Hintergrund lief Radio Bukarest, das ich extra für den Rumänen eingestellt hatte. Nachdem ich mich eine geschlagene halbe Stunde durch Polkaklänge gequält hatte, verzog er angewidert den Mund und sagte: »Furchtbar Musik.«

Entnervt schnappte ich mir meinen Kulturbeutel und fragte ihn, wo die Toilette sei? Zum ersten Mal seit unserer Ankunft hörte ich ihn richtig lachen.

Wenig später fand ich mich mit runtergelassener Hose hinter einem Busch wieder, während der Wind mir feinen Nieselregen an den nackten Hintern wehte. Was hatte ich hier verloren? Warum konnte ich nicht weiter lächelnd Hochzeitskleider an heiratswillige Ziegen verkaufen, die sich mehr Gedanken um ihren Brautschleier machten als um den Kerl, den sie heiraten wollten?

Auf dem Rückweg zum Wagen schlief der Wind plötzlich ein, und die Wolkendecke riss auf. Das Mondlicht verwandelte das ganze Plateau in eine riesige silbrig schimmernde Manege.

In dieser Nacht träumte ich davon, Teil eines Schattenspiels zu sein, das in einem exotischen Zirkus spielte. Ich trat in einer Manege auf und präsentierte eine virtuose Jonglage, die mit tosendem Applaus bedacht wurde – der sich beim Aufwachen als Platzregen entpuppte.

Nach dem gemeinsamen Frühstück – diesmal gab es sogar einen Keks zum bitteren Kaffee – tauchte der Rumäne erst am frühen Nachmittag wieder auf. Über der Schulter trug er einen enthäuteten Hasen.

»Er will dich sehen. Ich bring dich hin«, sagte er.

Es dauerte etwas, bis ich begriff, dass er Papó meinte. Keine zwei Minuten später drückte ich die Tür zu Papós Wagen auf: »Hallo?«

»Bist du es, Thaïs?«

Ich war aufgeregt wie ein kleines Mädchen, das sich im Kaufhaus als Erste auf den Schoß des Weihnachtsmanns setzen darf. Vorsichtig näherte ich mich ihm, als könnte eine einzige hastige Bewegung ihn vertreiben. Er saß an dem winzigen Sekretär. Wie bei meinem letzten Besuch trug er Frack und Zylinder, ein Teil der Hutkrempe fehlte, als hätten Mäuse sie abgeknabbert.

»Warum liegst du nicht im Bett? Du solltest dich schonen.«

»Weil man Damen nicht im Bett empfängt.« Er lachte durch die Zähne hindurch, was wie das Zischen einer anfahrenden Dampflok klang. Ich konnte nicht anders als ihn umarmen. Er wollte sich aufrichten, war aber zu schwach. Ich setzte mich zu ihm und nahm seine Hand. Sie war kalt. Kein Fieber also, ein gutes Zeichen.

»Soll ich noch ein paar Kerzen anzünden?«, fragte ich. »Es ist dunkel hier.«

»Danke, Thaïs, aber so ist es mir grad am liebsten.«

Ich hielt noch immer seine Hand, als würde er mir sonst davonlaufen.

»Ich wusste, dass du kommen wirst. Ich wusste es all die Jahre.«

»Aber warum dieses Versteckspiel?«

»Ich wollte sicher sein, dass du die Wahrheit wirklich erfahren willst.«

»Aber jedes Kind will doch die Wahrheit über seine Eltern erfahren?«

»Nicht jeder freut sich, wenn ihm eine neue Wahrheit präsentiert wird.«

»Und deshalb musste ich all diese Proben bestehen?«

»Du bist nach Arles gekommen, um deiner Großmutter die letzte Ehre zu erweisen, und mit ihr wolltest du auch deine Vergangenheit begraben. Du solltest aus freien Stücken zu uns kommen.«

»Kala, der große Kamponrad … Warum das alles?«

»Die anderen mussten zustimmen, dass du eine von uns wirst. Dass du die Richtige bist, um den Zirkus zu übernehmen.«

»Ich soll den Cirque perdu übernehmen?«

»Vorausgesetzt, du meisterst deine erste Vorstellung.«

»Ich bin hergekommen, weil ich dir die Hälfte des Hauses in Arles geben will. Das war Victorias letzter Wille. Ich bin hier, weil ich mehr über meinen Vater und meine Familie erfahren will. Aber ich bin nicht hier, um zum Zirkus zu gehen. Es tut mir leid, aber daraus wird nichts. Ich tauge nicht zum Leben im Zirkus …« Ich senkte den Blick.

»Es freut mich, dass deine Großmutter uns in ihrem Testament bedacht hat, das ist eine versöhnliche Geste. Aber ich brauche das Haus nicht, ich möchte lieber …« Er hob den Zylinder und wischte sich über die feuchte Stirn. »Lass uns darüber ein anderes Mal reden. Ich muss mit meinen Kräften haushalten. Lass uns jetzt darüber sprechen, weshalb du eigentlich hier bist.«

»Gehörte der Sattel meinem Vater?« Meine Stimme war zittrig.

Er drückte sachte meine Hand. »Ja, er gehörte deinem Vater – meinem Sohn.« Papó strahlte. »Er war so glücklich mit deiner Mutter. Und ich bin glücklich mit dir.«

»Warum hast du mir nicht früher erzählt, wer du bist? Warum hast du nichts gesagt, als wir uns zum ersten Mal getroffen haben? Warum hat mir *nie* irgendjemand davon erzählt. Von meinem Vater, von euch?«

»Deine Großmutter war strikt dagegen, dass sich ihre Tochter mit einem, wie sie sagte, ›Herumtreiber‹ wie Baro abgibt. Als sie hörte, dass die beiden heiraten wollten, war sie fassungslos. Sie wollte nur ›richtiges Artistenblut‹ in der Familie, kein ›Zigeunerblut‹. Sie hat alles getan, um die beiden auseinanderzubringen. Als deine Mutter ein Kind von Baro erwartete, wurde es noch schlimmer. Sie wollte deine Mutter verstoßen – und deine Mutter wollte Victoria verlassen und den Zirkus. Aber dann kam alles anders.«

»Was kam anders?« Ich setzte mich aufrecht hin.

Er sah mich ruhig an. »Sie haben deinen Vater erschlagen. Nach einem Dorffest in Chabrol. Es gab Streit, andauernd gab es Streit, damals wie heute. Viele Leute mögen uns nicht. Das ist dir bestimmt schon aufgefallen. Dein Vater hat ein paar von ihnen ordentlich verdroschen. Er war stark, er war unbekümmert. Das hat deine Mutter so an ihm geliebt. Er hat immer gelacht. Später haben sie ihm aufgelauert. Auf der

Landstraße. Er ist im Straßengraben verblutet. Für deine Großmutter war es die Bestätigung: ›Das musste ja so kommen‹, hat sie gesagt. ›Es musste ja so kommen.‹«

»Nicht alle Menschen lieben das Fremde«, flüsterte ich.

»Als dann noch deine Mutter bei dem Unfall starb, hat deine Großmutter so getan, als ob es meinen Baro nie gegeben hätte. Sie hat ihn aus ihrem Leben eliminiert. Und damit auch aus deinem. Was sollte ich tun? Nach euren Gesetzen waren die beiden nicht mal verheiratet.«

Wir schwiegen. Die Zeit dehnte sich, der Sekretär wurde immer kleiner, mein Herzschlag immer lauter. Papó gab einen knackenden Ton von sich, keine Ahnung, wie er den erzeugt hatte. Augenblicklich fühlte sich alles wieder normal an.

»Hast du noch andere Kinder? Bist du verheiratet?«

»Meine Frau starb bei Baros Geburt. Sie war etwas Besonderes, meine Frau, aber so ist das: Leben heißt Abschied nehmen. Ich hätte dir gerne eine große Familie präsentiert.«

Tiefe Traurigkeit überkam mich. Nicht allein wegen meiner Eltern, auch wegen Papós Familie und wegen Victoria, die mir all das vorenthalten hatte, so lange, dass es jetzt nur noch eine verstörende Geschichte für mich war, wie eine Schreckensmeldung in den Nachrichten. Wut stieg in mir auf, Enttäuschung. Man hatte mir mein Leben gestohlen.

Papó sah mich an. »Es ist, wie es ist. Doch dein Verstand gibt sich nicht zufrieden, er braucht einen Schuldigen, sucht immer nach Tätern und Opfern. Wenn du ihm folgst, wirst du dich als Opfer fühlen und hast damit selbst den ersten Schritt getan, ein Täter zu werden. Du meinst, dich wehren oder dich rächen zu müssen für das, was man dir angetan hat. Damit sich dann ein anderer wieder als Opfer fühlt und nach Vergeltung schreit. Ein ewiger Kreislauf des Verderbens. Und alles beginnt, weil das Opfer das Unrecht, das ihm widerfahren ist, nicht vergessen kann, sich an das Geschehene klammert, es in Erinnerung behalten will. Nicht nur die Tat, sondern auch die Gefühle, die sie ausgelöst hat. Ohnmacht, Wut, Verzweiflung, Zorn – sie brennen Löcher in deine Seele. Aber du kannst dich dieser negativen Gefühle entledigen. Der Hass verschwindet durch Vergebung. Deshalb sage ich: Vergib dir. Vergib den anderen. Denn wir alle sind kleine Gauner, die durchs Leben rennen und versuchen, so viel Liebe zu stehlen, wie sie nur kriegen können, ohne selbst welche zu geben – weil uns niemand beibringt, dass wir nur ernten, was wir gesät haben.

Immer haben wir das Gefühl, nicht genug zu bekommen. Wir leiden darunter, spüren den Mangel, stürzen uns in der Not auf das Nächstbeste. Irgendein Ersatz findet sich immer: Geld, Hass, Drogen, Macht, Besitz. Aber wir sind wütend, weil wir spüren, dass man uns abspeist, dass uns das Wertvollste vorenthalten wird: Liebe. Wir suchen einen Schuldigen und klagen unseren Verstand an. Wir brüllen ihn an, dass er schlauer werden muss, rücksichtsloser, ganz egal wie, er soll uns Liebe bringen. Aber unser Verstand, so schlau er ist, kann eben nur denken. Er kann alles, was man denken kann – was großartig ist –, aber nichts, was man nur fühlen kann – was traurig ist. Deswegen spottet der Verstand gern über die Liebe, tut sie als Gefühlsduselei ab und flüstert uns ein, dass es viel wichtigere Dinge gibt. Mit schlauen Argumenten schürt er Hass, Wut, Trauer und Ohnmacht, damit du die Liebe vergisst und dich anderen Dingen zuwendest. Dein Verstand sagt dir, dass du nicht vergeben sollst, weil vergeben loslassen heißt – was keine seiner Stärken ist. Wenn du vergibst, wird dein Verstand aufheulen, weil du damit Liebe schenkst und Liebe empfängst und womöglich erkennst, dass dein Verstand dir in allem die besten Dienste erweist – außer in einem: der Fähigkeit zu lieben.

Vergib Victoria, vergib den Mördern deines Vaters – lass los! Klammer dich nicht an das, was du verloren hast, begrüße, was du gewonnen hast. Ich habe einen Sohn verloren, eine Frau, eine Familie, einen Zirkus. Aber heute habe ich eine Enkeltochter gewonnen. Das zählt. Du hast eine Großmutter verloren und vieles andere mehr – aber heute hast du einen Großvater gewonnen. Begrüße den Verlust, er ist die eine Seite der Medaille …«

»Und was befindet sich auf der andern Seite?«

Er lächelte. »Liebe. Wie sollte es Liebe ohne Verlust geben? Der Reichtum braucht den Mangel, sonst würdest du ihn nicht spüren.«

Ich schaute auf seine runzelige Hand, die ich fest umklammert hielt. Seine Worte wirbelten meine Gefühle durcheinander.

»Aber ich kann nicht anders«, sagte ich. »Ich bin nun einmal traurig, todtraurig über das alles.«

»Dann stell deine Trauer ins Regal.«

»Ins Regal?«

»In das Regal deiner Gefühle.« Er deutete mit dem Finger in die Luft. »Wie im Supermarkt, alles schön geordnet, direkt vor dir: ein Regal mit deinen Gefühlen drin. Die Menschen wollen immerzu ihre Gedanken ordnen, aber viel wichtiger ist es, die Gefühle zu ordnen. Füll deine Trauer wie Cornichons in ein großes Glas mit Salzlake, stell es ins Regal und betrachte deine Trauer, wann immer du willst. Dann hast du sie vor Augen, hast sie nicht verloren, aber sie kann dich nicht mehr beherrschen.«

Er machte wieder dieses merkwürdige Geräusch mit dem Mund. Augenblicklich fühlte ich mich erleichtert, als hätte sich ein Krampf gelöst, irgendwo tief in meinem Inneren. Ich musste grinsen und sagte, ohne zu wissen, warum: »Ich glaube nicht, dass ich dich Großvater nennen kann.« Wir mussten beide lachen, bis er nach Luft rang und zu husten begann.

In diesem Moment schlug der Rumäne draußen an die Tür, als hätte er nur auf den passenden Moment gewartet.

»Das ist das Zeichen«, sagte Papó. »Er passt auf, dass es nicht zu viel für mich wird. Morgen reden wir weiter, morgen wird es mir vielleicht schon bessergehen.«

Ich stand auf, blickte in sein blasses müdes Gesicht. »Ich muss noch ein Glas aufstellen. Eines für meine Sorge um dich.«

»Vergiss die Salzlake nicht, grobes Salz, Knoblauch, Lorbeeren …«

Der Rumäne schlug noch einmal an die Tür.

»Ich komm ja schon«, rief ich und gab Papó zum Abschied einen Kuss auf die Stirn. An der Tür drehte ich mich noch einmal um: »Jetzt weiß ich, was Victoria gemeint hatte, als sie sagte: ›Ich glaube an die Kraft der Vergebung.‹«

»Ja«, sagte Papó. »Hoffen wir, dass sie sich selbst vergeben konnte.«

Ich nickte und folgte dem Rumänen wortlos durch den Regen.

Am nächsten Morgen weckte mich ein heftiger Schlag gegen die Tür.

Der Rumäne streckte seinen Kopf in den Wagen, in den Händen hatte er einen Topf, unter den Achseln je einen Teller.

»Hast gestern Abend nichts mehr gegessen, schon geschlafen. Den ganzen Morgen auch wieder geschlafen. Willst du nur noch schlafen? Kein Essen mehr?«

Ich richtete mich auf und merkte, dass ich noch komplett angezogen war.

»Schwarze Linsen. Mit Huhn.«

»Ich hätte lieber einen Tee.«

Er stellte den Topf auf den Ofen, zog die Teller unter den Achseln hervor und verließ dann grummelnd den Wagen. Kurz darauf kam er mit einem Becher Tee zurück. Ich rieb meinen Teller sorgfältig mit dem Taschentuch ab – wieder und wieder –, bis ihn mir der Rumäne aus den Händen riss und fluchend die Linsen auffüllte. Ich konnte es kaum glauben, dass ich direkt nach dem Aufwachen so etwas herunterbekam. Und es schmeckte großartig. Nach dem Essen verabschiedete sich der Rumäne, um die Pferde zu versorgen. Ich ging den schmalen Gang neben dem Bett auf und ab.

Mein Vater lachte gern, hatte Papó gesagt. Wie gern hätte ich nur ein einziges Mal sein Lachen gehört. Es war wie mit Musik, man will keine Beschreibung bekommen, man will sie selbst hören. Dann war es plötzlich da: ein unbändiges Lachen, markerschütternd laut. Auf einmal war ich mir ganz sicher: Ich erinnerte mich daran. Vielleicht hatte ich es im Bauch meiner Mutter gehört.

Draußen rief der Rumäne nach Bajou. Ich schnappte mir meinen Regenponcho – eine alte Lastwagenplane, in die der Rumäne ein Loch geschnitten hatte. Bajou stapfte gerade den Hügel herauf, ich lief ihm entgegen. Ich erwartete kein Küsschen links und rechts, war aber etwas irritiert, dass sein Willkommensgruß lediglich aus einem Nicken bestand. Er ging einfach weiter und verschwand wortlos im Wagen des Rumänen. Später beobachtete ich die beiden dabei, wie sie einen Oberlichtwagen auf den Hügel zogen: ein schlichter brauner Holzwagen. Er war ziemlich gut in Schuss. Als ich Bajou fragte, was eigentlich los sei, tat er wahnsinnig beschäftigt. Nach einer Stunde, als der Wagen ohne Seile sicher stand, stellte ich mich ihm in den Weg und fragte ihn noch einmal.

»Deinetwegen sind wir hier«, sagte er, »nur deinetwegen, weil Papó meint, du brauchst einen besonderen Ort für deinen ersten Auftritt.«

Er drehte sich weg und ging davon.

»Du kannst mir ruhig den wahren Grund nennen«, rief ich ihm hinterher. »Das ist doch nicht alles.«

Er blieb auf der ersten Stufe seines Wagens stehen. »Ich bin immer für ihn da gewesen, die ganze Zeit, und dann tauchst du auf einmal auf.« Er drehte sich um. »Du weißt nichts über uns, aber weil du die Tochter von Baro bist, seinem Lieblingssohn, bist du für ihn die Größte, die Allergrößte. Und jetzt kriegst du auch noch den Wagen.«

Er war eifersüchtig. Eifersüchtig auf mich. Ich wollte ihm erklären, wie lächerlich das war, ich konnte doch nichts dafür.

»Schau mich nicht so an«, rief er.

»Es ist doch nicht meine Schuld, dass ich seine Enkeltochter bin.«

»Das meine ich doch gar nicht.«

»Was meinst du dann? Dass du eifersüchtig auf mich bist, weil mein Auftritt vielleicht gelingt und ich den Wagen bekommen soll?«

Er kniff die Augen zusammen. »Es geht doch nicht um den Wagen.«

»Worum dann?«

Er warf mir einen seltsam weichen Blick zu. »Es geht um dich.«

»Wie bitte?«

»Ich habe mich doch nicht in den Wagen verguckt …« Er nahm meine Hände und drückte sie so fest, dass es schmerzte. »Ich habe erst jetzt erfahren, dass du seine Enkeltochter bist.«

»Aber was soll das bedeuten?«

»Es bedeutet, dass du meine Cousine bist, wir sind blutsverwandt, und das …« Er wandte den Blick ab. »Das ändert alles.« Dann umarmte er mich, gab mir mit zusammengepressten Lippen einen Kuss und verschwand in seinem Wagen.

Was hatte Papó gesagt: Verlust ist die andere Seite der Liebe. Ich lief durch den Regen zurück zum Gerätewagen, der mir jetzt noch düsterer und unfreundlicher erschien. Ich trat ans Fenster und betrachtete die Wolken. Mir wurde klar, dass ich ein weiteres Gefäß brauchte. Für ein neues Gefühl. Es war bitter, aber auch süß. Ich hatte noch keinen Namen dafür.

Draußen ging der Rumäne am Wagen vorbei, er hatte seine Werkzeugkiste dabei und verschwand damit in dem neuen Wagen. Von Bajou sah und hörte ich den ganzen Nachmittag nichts mehr.

Ich begann in meiner blauen Kladde mit einer Liste, die alle meine Gefühle enthalten sollte. Jedes meiner Gefühle wollte ich eintragen und daneben schreiben, welches Gefäß das richtige dafür war und wo ich es im Regal hinstellen würde. Es dauerte länger als gedacht. Ich musste lange in mich hineinhorchen, ob ich ein Gefühl wirklich kannte oder bloß das Wort dafür häufig in den Mund genommen hatte. »Stolz« war so ein Fall. Oft hatte ich darüber gesprochen, was mich alles stolz gemacht hätte. Mein Abschlusszeugnis zum Beispiel. Aber jetzt, an diesem Nachmittag wusste ich nicht, wie Stolz sich anfühlte, welche Farbe er hatte, ob er warm oder kalt war, bitter oder süß. Und so ging es mir mit vielen anderen positiven Gefühlen – ganz im Gegensatz zu den negativen Gefühlen. Sie waren mir gegenwärtig: Neid, Wut, Trauer, Missgunst, Melancholie, Eifersucht, Angst, Gier – ich hatte sie im Nu beschrieben.

Am späten Nachmittag zog ich eine Zwischenbilanz und blickte mit Scham (auch so ein Gefühl, das ich ratzfatz beschrieben und verpackt hatte) auf meine Liste. Wäre das ein Verkaufsregal im Supermarkt gewesen, er hätte in der Hölle gestanden. Es fanden sich dort jede Menge großer Gefäße mit einer riesigen Auswahl an schlechten Gefühlen, aber nur eine Handvoll winziger Tiegel und Töpfchen für die wirklich guten Gefühle – ganz oben im Regal, nur erreichbar, wenn man sich auf die Zehenspitzen stellte.

Als ich frustriert die Kladde zuklappte, hörte ich einen Schrei. Neugierig ging ich zum Fenster und sah, wie die Tür des neuen Wagens aufflog, ein armlanges Stück Ofenrohr im hohen Bogen durch den Regen segelte und mit einem lauten *Platsch* im Dreck landete. Dazu ertönte ein weiterer Schrei, mit dem der Rumäne aus dem Wagen stürmte, um dann mit der ganzen Wucht seines massigen Körpers auf dem Rohr herumzutrampeln. So plötzlich das Schauspiel begonnen hatte, so plötzlich war es wieder vorbei. Der Rumäne zog das zerbeulte Ofenrohr aus dem Schlamm und raste zurück in den Wagen.

Etwas später rief er vor meiner Tür: »Thaïiiis! Thaïiiis!« Als ich die Tür öffnete, gab er mir einen Wink, ihm zu folgen. Vor dem neuen Wagen blieb er stehen und hielt mir grinsend die Tür auf: »Ist jetzt deiner.«

Der Wagen war innen mit Fichtenholz verkleidet. Gegenüber der Tür befand sich eine geräumige Schlafkoje, und in der Mitte stand ein robuster Tisch mit zwei Bänken. Neben der Tür hatte der Rumäner emaillierte Garderobenhaken angeschraubt, die wie kleine Geweihe aussahen. Es gab einen gusseisernen Ofen, dem das mir bekannte Ofenrohr fehlte. Dort, wo das Ofenrohr durch das Dach hinausführen sollte, klaffte ein Loch, das mit Plastiktüten und Klebeband verschlossen war. Bis auf den Ofen war der Wagen einfach perfekt.

Ich fiel dem Rumänen um den Hals, der darauf reagierte, als hätte ich ihn in die Magengrube geboxt. »Rohr passt nicht ganz«, sagte er und schaute dabei verlegen zu Boden. »Mach ich morgen.«

Ich setzte mich an den Tisch und schaute aus dem Fenster, den Hügel hinunter. Für ein, zwei Sekunden zwängte sich ein Sonnenstrahl durch die Wolkenberge. Mein dritter Tag beim Zirkus. Zum ersten Mal lächelte ich und empfand ein schönes Gefühl: ein flüchtiges Gas, pastellfarben, das ich in einer dünnen Glasphiole aufbewahren würde: Glück.

Zwei Donnerschläge gegen meine Tür. »Er will dich sehen, aber nur kurz diesmal.« Der Rumäne stand wieder vor meinem Wagen.

Ich ging zu Papó. Beim Eintreten hörte ich sein kraftloses Husten.

»Geht es dir schlecht?«, fragte ich.

»Lass uns nicht immer über Krankheit sprechen. Da fühle ich mich nur alt und elend.«

Ich deutete auf seinen Zylinder: »Ist der Zylinder eigentlich so etwas wie eine Krone, die zeigen soll, dass du hier der Chef bist?«

»Kannst du uns bitte einen Tee machen?« Ich war mir nicht sicher, ob er verärgert war oder mich nicht gehört hatte.

»Du solltest nicht über diese Dinge spotten. Diese Kopfbedeckung ist Teil von etwas Größerem. Man kann nicht beliebig Teile weglassen oder hinzufügen. Das Ganze schafft die Bedeutung.«

»Aber wo ist es denn, dieses Größere? Wo ist der ganze Zirkus? Ich sehe nur ein paar Wagen, wo ist der Rest?«

»Welchen Rest meinst du?«

»Na ja, den ganzen Rest: das Zelt zum Beispiel, die Tiere und Artisten?«

Papó legte die Stirn in Falten. »Aber das alles braucht man doch nur für irgendwelche Zuschauer.«

»Eben, für die Zuschauer. Kommen denn nie Zuschauer zu euch? Gibt es keine Vorstellungen im Cirque perdu?«

Er schnalzte abfällig.

»Aber ein Zirkus, Papó, ein Zirkus ohne Zuschauer ist doch gar kein richtiger Zirkus?«

»Und was macht einen richtigen Zirkus aus?«

»Wie ich schon sagte, ein Zelt, eine Manege, Zuschauer, Tiere, Artisten, Vorführungen, Musik …«

Er lachte, als würde ich kompletten Unsinn reden. »Was du beschreibst, ist lediglich das, was man für gewöhnlich unter einem Zirkus versteht. Aber nur weil die meisten Leute glauben, ein Zirkus würde so aussehen, brauchen wir uns nicht daran zu halten.«

»Gut«, sagte ich gereizt, »das alles zählt also nichts. Dann sag du mir, was einen Zirkus ausmacht.«

»Ein Zirkus, das sind nicht nur bunte Kostüme, Trommelwirbel, Sägespäne. Das sind Äußerlichkeiten. Es kommt darauf an, dass er die Menschen verändert.«

»Verändert?«

»Ja, verändert. Eine Manege ist ein Ort, der einem eine neue Welt eröffnet, weil man dort das absolute Staunen lernt.«

»Aha! Und wie, bitte, bringt ihr die Leute zum absoluten Staunen, wenn ihr nicht einmal eine Manege habt?«

»Wer sagt denn, dass wir keine Manege haben?«

Ich starrte ihn ungläubig an, er hatte mich aus dem Konzept gebracht. »Du meinst, ihr habt eine Manege, zeigt sie aber nicht?«

Er schüttelte bedächtig den Kopf. »Natürlich haben wir eine Manege. Wo sollte sonst dein erster Auftritt stattfinden? Wir haben nur keine normalen Zuschauer. Zumindest nicht solche, die am Kassenhäuschen Eintrittskarten lösen. Meinst du, die Leute würden in Scharen kommen, um wirklich verwandelt zu werden? Nein, sie wollen kein anderes Leben, sie suchen Zerstreuung, etwas Unterhaltung, eine kleine Ablenkung vom Alltag. Mehr nicht. Die Leute wollen so aus der Vorstellung herausspazieren, wie sie hereingekommen sind. Sie wollen ein kleines Abenteuer, kein großes. Andere sollen etwas riskieren, dafür bezahlen sie Eintritt. Bei uns riskiert jeder etwas: nämlich, ein anderer Mensch zu werden.«

»Das ist, das ist … ihr seid wirklich ein verdammt ungewöhnlicher Zirkus …«

Er sah mich an, als hätte ich gerade eine aufgeblasene Papiertüte zerknallen lassen. »Und dass wir ein ungewöhnlicher Zirkus sind, ist dir gerade erst aufgefallen?« Er prustete los.

»Ja, gut, natürlich ist mir das schon vorher aufgefallen, aber ich dachte, ihr seid einfach ein kleiner, etwas heruntergekommener Wanderzirkus, dem irgendwann das Geld ausgegangen ist und der deshalb alles verscherbeln musste: Tiere, Zelt und so weiter. Ich konnte doch nicht ahnen, dass das hier, wie soll ich sagen, ein Wunderzirkus ist!«

»Aber so war es doch auch. Wann begreifst du endlich, dass es nicht nur eine Wahrheit gibt? Natürlich haben wir kein Geld, natürlich fehlt es uns an allem – zumindest an allem, wofür man Geld braucht. Dafür haben wir das Lachen, die Musik, die Freundschaft, die Familie, die Liebe! Und wir beherrschen die Kunst des absoluten Staunens. Ja, wenn du so willst, sind wir ein ziemlich verlotterter Wunderzirkus. Der Ausdruck gefällt mir.« Er lächelte beseelt, als hätte ich ihm ein großartiges Präsent überreicht. Wieder und wieder sagte er mit unterschiedlicher Betonung »Wúndérzírkús, Wúnderzirkus, Wunderzírkus, Wunderzirkús«, so, als müsste er den Klang prüfen. »Es gibt keinen Zirkus, in dem man größere Wunder erleben kann als bei uns.«

»Du meinst, ich werde ein Wunder erleben.«

»Ja, du wirst staunen, aber nur, wenn dein Auftritt gelingt.«

»Und wann beginnt mein Unterricht?«

Er blickte ins Leere, als würde er einer Souffleuse lauschen. »Kennst du die Geschichte von dem Fischer, der auf dem Rücken eines Wals über das Meer reiste?« Er wartete keine Antwort ab. »Der Fischer reiste auf dem Rücken eines grauen Wals über das Meer, er schlief dort, er angelte dort, aß die gefangenen Fische. Wann immer ihn der Wal fragte, ob er zurück nach Hause in sein Fischerdorf wolle, rief der Fischer: ›Nein, nein, erst muss ich noch einen wirklich großen Fisch fangen.‹ Sie schwammen durch alle sieben Meere, und immer klagte der Fischer, dass er keinen wirklich großen Fisch gefangen habe. Eines Tages steuerte der Wal trotzdem das Heimatdorf des Fischers an und ließ sich dort von den Wellen an den Strand treiben. Der Fischer fiel in den Sand und schimpfte, warum der Wal ihn zurückgebracht habe. Und der Wal antwortete: ›Wieso beschwerst du dich, du wolltest doch einen wirklich großen Fisch fangen?‹ Und weil der Fischer den riesigen Wal nicht zurück ins Wasser ziehen konnte, starb der Wal, und die Menschen im Dorf wunderten sich, dass gerade der Fischer, der den größten Fisch von allen gefangen hatte, so traurig war.«

Er betrachtete mich aufmerksam, aber ich verstand nicht, was er mir damit sagen wollte, und machte eine hilflose Geste.

»Kann es sein«, sagte er, »dass auch du einen wirklich großen Fisch fangen willst und schon längst darauf sitzt?«

Ich grinste hilflos.

»Während du darauf wartest, kleine Tricks beigebracht zu bekommen«, sagte er, »lehre ich dich ein wirklich großes Kunststück.«

»Und was soll das sein?«

Er stemmte sich aus dem Sessel hoch und bedeutete mir mit einem Nicken, näher zu kommen. Als ich mich zu ihm gebeugt hatte, flüsterte er mir leise ins Ohr: »Leben!« Dann hallte sein brüllendes Gelächter durch den Raum, als wollte es nie mehr enden.

Der Rumäne schlug an die Tür. Das war das Zeichen.

»Morgen, Thaïs, morgen reden wir weiter«, sagte Papó.

Ich weiß nicht, ob mich der Sturm oder Bajous Geschrei aufweckte.

»Verflucht, wir saufen ab, komm raus!«, schrie Bajou.

»Ich komm ja schon«, schrie ich zurück, zog den Regenponcho vom Kleiderhaken und sprang nach draußen.

Es regnete, als sollte der Hügel fortgespült werden. Die Räder der Wagen versanken im aufgeweichten Boden, Papós Wagen hatte bereits eine bedrohliche Schieflage. Der Rumäne zog einen rostigen Vorschlaghammer durch den Schlick, und Bajou fuchtelte mit einer verbogenen Säge vor meinem Gesicht herum.

»Wir müssen die Wagen mit Holzpflöcken abstützen«, brüllte er gegen den Sturm an.

Aus groben Klötzen sägte er Keile zurecht, die der Rumäne mit seinem Vorschlaghammer unter die Räder schlug. Warum Bajou mich gerufen hatte, blieb unklar. Als ich versuchte, ihnen zur Hand zu gehen, blaffte er mich an, das sei doch keine Arbeit für Frauen. Aber da wir beide wussten, dass er mir gar nichts zu sagen hatte, drängte ich mich zwischen die beiden und reichte Bajous Holzstücke an den Rumänen weiter, der sie in den matschigen Grund trieb. Schlag für Schlag richteten die Wagen sich wieder auf, aber es war eine elende Plackerei. Für jeden Wagen brauchten wir fast eine Stunde.

Der Rumäne fluchte die ganze Zeit vor sich hin, was die Arbeit nicht leichter machte – über den Wind, den Matsch, den Regen, vor allem und immer wieder über den Regen. Ich wusste, dass die beiden mich dafür verantwortlich machten, dass wir hier oben waren. Da ich mir aber keiner Schuld bewusst war, schrie ich den Rumänen an, er solle sich gefälligst zusammenreißen, schließlich habe er einen richtigen Regenmantel, ich dagegen müsse mich mit einer alten Lastwagenplane begnügen. »Schau dir dieses Zelt an«, rief ich, »das Scheißloch ist viel zu groß!«

»Scheißloch nicht zu groß«, sagte er. »Hals zu klein.«

Bajou starrte uns an, dann brüllte er vor Lachen: »Scheißloch zu groß!«

Worauf der Rumäne einstimmte und schrie: »Hals zu klein?«

Und Bajou kreischend erwiderte: »Scheißloch zu groß!«

So ging das eine ganze Zeit hin und her, sie kriegten sich gar nicht mehr ein.

Ich warf den Holzpflock in den Dreck und stapfte zu meinem Wagen. Draußen hörte ich immer noch: »Scheißloch zu groß« – »Hals zu klein!«, legte mich fröstelnd in meinen Schlafsack – und schlief lächelnd ein.

Zwei Tage später hörte es gegen Mittag endlich auf zu regnen. Die Wolkendecke riss auf und enthüllte eine blasse Dezembersonne. Der Wind war eisig geworden, und ich trug mehrere Pullover übereinander.

Am Nachmittag schlug der Rumäne mit der flachen Hand an die Außenwand, zwei Mal. Ich ging zu Papó. Er lag mehr in seinem Stuhl, als dass er saß. Erst als ich mich räusperte, setzte er seinen Zylinder auf und wandte sich mir zu.

»Sei mir nicht böse, Papó, ich muss noch einmal darauf zurückkommen, dass du mir den Cirque perdu übergeben willst. Es ist bestimmt ein großer Vertrauensbeweis …«

»Aber du willst ihn nicht«, sagte er.

»Ich *kann* nicht. Ich gehöre einfach nicht in den Zirkus, schon gar nicht in einen Wunderzirkus.«

»Du lehnst etwas ab, von dem du nicht weißt, was es ist.«

»Du kannst doch nicht von mir erwarten, dass ich mein altes Leben an den Nagel hänge, um, wie du gesagt hast, das absolute Staunen zu lernen?«

»Aber das hast du doch schon getan? Du hast dein Leben in Paris an den Nagel gehängt und bist uns wochenlang gefolgt, hast uns jetzt endlich gefunden und willst jetzt … Ja, was willst du eigentlich? Abreisen?« Er wirkte auf einmal gar nicht mehr gebrechlich.

»Ich wollte mein Leben ändern, deshalb habe ich Paris verlassen, aber das heißt noch lange nicht, dass ich einen Drei-Mann-Zirkus übernehme und den Rest meines Lebens über die Dörfer tingele?«

Er lächelte. »Du möchtest lieber in einem Brautmodengeschäft stehen und den Rest deines Lebens Tüllschleier verkaufen?«

»Nein, deswegen bin ich ja nicht mehr dort.«

»Und bist hier.«

»Ich bin hier, weil ich dich sehen wollte.«

»Du bist hier, weil ein Teil von dir dich hergeführt hat – gegen den Willen deines Verstandes – und weil dieser Teil weiß, dass du hier richtig bist.«

»Ich weiß gar nichts mehr!«

»Dein Verstand weiß gar nichts mehr, der ist ratlos. Weil er ahnt, dass du ihm bald nicht mehr bedingungslos gehorchen wirst.«

Ich verdrehte gequält die Augen.

»Es tut mir leid, dass wir einen langen Prozess so abkürzen müssen. Andere brauchen Jahre, manchmal Jahrzehnte, um den Sprung zu wagen. Aber es gibt einen guten Grund dafür: Meine Reise ist bald zu Ende, und ich warte schon viele Jahre auf dich.«

»Was macht dich so sicher, dass ich die Richtige bin?«

»Ich habe dich zum großen Kamponrad geschickt. Er hat es auch gesehen. Ich habe dich zu Kala geschickt. Sie hat es gesehen. Wir täuschen uns nicht: Du bist bereit. Du brauchst keine Angst zu haben. Irgendwann muss jeder aufstehen und den Kindertisch verlassen.«

»*Du* hast mich zum großen Kamponrad geschickt?«

»Du denkst wahrscheinlich, das sei Zufall gewesen.«

»Ich würde es eher eine glückliche Fügung nennen.«

Er warf mir einen amüsierten Blick zu. »Gut, darauf können wir uns einigen. Du brauchst keine Angst zu haben. Diese glückliche Fügung wird dich auch zu deinem ersten Auftritt in die Manege schicken.«

»Ich habe furchtbare Angst davor, eine Spinnerin zu werden, die täglich einen Haufen Pillen einwerfen muss, um nicht komplett durchzudrehen …«

»Angst ist ein wichtiges Gefühl. Du hast eine Menge davon. Ich habe mich sehr gewundert, dass es nicht das erste Gefühl war, das du in dein Regal gestellt hast, an einen Ehrenplatz, in einem goldenen Pokal. Angst ist wichtig. Gerade für uns Zirkusfahrer. Angst ist ein guter Navigator, sie geleitet uns dorthin, wo wir am schnellsten wachsen können.«

»Wir sollen dahin gehen, wovor wir am meisten Angst haben?«

»Richtig erkannt.«

»Das ist doch Wahnsinn, die Angst bewahrt uns davor, Dummheiten zu machen …«

»Du hast das Regal deiner Gefühle noch nicht eingerichtet, denn sonst wüsstest du, dass uns nicht die Angst beschützt, sondern die Vorsicht. Schau dir die Trapezartisten an. Die Vorsicht bewahrt sie vor dem Tod, nicht die Angst. Pack die Angst ins Regal deiner Gefühle, nutze sie als deinen Führer. Nimm es als gutes Zeichen, dass sie dich von hier vertreiben will, denn so weißt du, dass du hier genau richtig bist.«

»Gut, dann ist es eben nicht Angst, die mich dein Angebot ausgeschlagen lässt«, sagte ich trotzig, »sondern Vorsicht.«

»Nenn es, wie du willst. Dein Verstand gibt den Dingen ihre Namen. Dein Verstand dreht sich alles so, wie es ihm nutzt. Der Verstand sollte uns dienen, aber er ist gerissen, er trichtert uns ein, ihm bedingungslos zu folgen. Aber das ist nur gut für *ihn*, nicht für *dich*. Du fühlst ganz genau, dass es keine Vorsicht ist, sondern Angst. Lauf nicht vor ihr davon, das macht sie nur stärker, mächtiger. Deshalb sind viele alte Leute so ängstlich: Sie wollten ihr Leben lang der Angst entkommen – und haben sie dadurch immer stärker gemacht. Und zum Schluss, wenn die Vorstellung endet, erkennen sie ihren Fehler: Man findet kaum je einen Menschen, der dem nachtrauert, was er getan hat. Aber sehr viele Mensche, die bereuen, aus Angst etwas *nicht* getan zu haben.«

»Das mag alles stimmen Papó, aber …« Ich fühlte mich in die Ecke gedrängt, wusste nicht mehr, was ich sagen sollte.

Er strich mir zärtlich über die Hand, und für eine Sekunde war es, als würde ich mit Madame Raphael in Arles am Küchentisch sitzen. Dann machte er wieder dieses Knackgeräusch mit dem Mund, und meine Verkrampfung löste sich.

Gerade als ich nachfragen wollte, was für ein Trick das sei, drückte er kurz meine Hand und sagte: »Ich mache dir einen Vorschlag. Du trittst beim nächsten Vollmond auf. Der große Kamponrad wird da sein und Kala auch. Ich bereite dich darauf vor. Wenn bei diesem Auftritt nichts passiert, dann reist du einfach wieder ab. Wenn du aber das Staunen lernst, das absolute Staunen, dann wirst du eine von uns und bekommst den Zirkus. Du bekommst die Wagen und den Schlüssel – was du damit anfängt, ist ganz allein deine Sache.«

Ich wusste nicht, was ich sagen sollte.

»Aber ich will dir nicht verheimlichen«, fuhr er fort, »dass du, im Falle, dass dein Auftritt gelingt und du ins Staunen kommst, dein Leben ändern wirst. Weil dein Verstand dann nicht mehr den Herrn Direktor spielt.

Du wirst andere Wege gehen. Du wirst das Licht des Staunens in die Welt tragen wollen. Du wirst der Liebe dienen wollen. Die Entscheidung liegt bei dir.«

Mein Verstand warnte mich, auf der Hut zu sein. »Und wenn ich mich gegen den Auftritt in eurer Manege entschließe, dann muss ich morgen gehen?«

Papó schüttelte den Kopf. »Merkst du nicht, wie dein Verstand immer alles verdreht? Wir haben dir hier ein Zuhause angeboten. Nein, du kannst gerne bei uns bleiben, aber wenn du deinen Auftritt nicht haben willst, brauchen wir auch nicht an diesem Ort darauf zu warten. Dann solltest du es uns sagen, damit wir weiterziehen können. Wir sind hier nur aus einem Grund: damit du ins absolute Staunen kommst.«

Mein Verstand meldete sich ausnahmsweise nicht zu Wort. Die Thaïs, die schon immer gewusst hatte, dass das Unbekannte mein Zuhause war, flüsterte mir zu, ich solle meiner Angst nicht nachgeben, ich sei hergekommen, um endlich den Sprung zu wagen. Den Sprung in ein anderes Leben. Den Sprung ins Unbekannte.

»Hast du auch so ein Zeichen auf der Hand?« Ich wusste nicht, warum ich gerade jetzt darauf zu sprechen kam.

»Jeder von uns hat sein ganz persönliches Zeichen. Der große Kamponrad wählt es aus, wenn er deinen Auftritt sieht, wenn er sieht, *wie* du staunst. Dann wirst auch du ein Zeichen bekommen. In die linke Hand. Das Zeichen des Zirkusfahrers.«

»Hat Bajou auch so ein Zeichen?«

Er schüttelte traurig den Kopf »Er hatte seinen Auftritt, aber er hat die andere Seite nicht erreicht – leider!«

»Welche andere Seite?«

»Die andere Manege, die, die hinter dem Spiegel liegt.«

Mein Lachen sollte sarkastisch klingen, aber es klang nur kindisch und unsicher. »Klar, ich vergaß … Die *andere* Manege, *hinter* dem Spiegel!«

Ich kaute auf meiner Unterlippe. In meinem Kopf ratterte es, aber es waren keine Gedanken, die da ratterten. Es war das Geräusch eines Glücksrads, meines Glücksrads, an dem Papó gerade gedreht hatte. Ich hörte ein Klappern, das mit nachlassendem Schwung langsamer wurde, immer langsamer, bis das Rad mit einem letzten leisen Klacken stehenblieb. In einem winzig kleinen Spiegel sah ich mein angstverzerrtes Gesicht.

»Ja, ich will hinter den Spiegel springen«, sagte ich und machte dabei ein Geräusch wie ein Dampfkochtopf, aus dem der Überdruck entweicht. Hatte ich das wirklich gerade gesagt? Ich blickte zu Papó, aber der verzog keine Miene.

»Wunderst du dich gar nicht?«, fragte ich ihn.

»Nein, mein Kind«, sagte er und schloss mit einem Lächeln die Augen.

Ich sprang in die Höhe. »Okay«, sagte ich. »Das ist der Wahnsinn, ich habe gerade meine Angst gesehen!

Ich habe dieses angstverzerrte Gesicht gesehen, mein Gesicht, und dann wusste ich, dass du recht hast: In diese Richtung will ich wirklich nicht gehen.« Ich war völlig aus dem Häuschen. »Und, wie geht es nun weiter?«

Er lachte still in sich hinein: »Mein Sekretariat wird sich wegen eines Termins bei Ihnen melden.«

13

STELL DICH DER ANGST

Es dämmerte bereits, als die vertrauten zwei Schläge gegen meine Tür donnerten. Meine Entscheidung war gefallen. Ich lief mit federnden Schritten hinüber zu Papó. In seinem Wagen stolperte ich fast über die Kante eines Teppichs, der auf dem Boden lag. Er war mit einem seltsamen Muster bestickt.

»Was ist das für ein Teppich?«

»Das wird deine wichtigste …«, er hustete, »deine wichtigste Übung werden. Du musst das zweite Sehen lernen.«

»Das … was muss ich lernen?«

»Das zweite Sehen. Aber schenk uns erst mal einen Tee ein. Bajou hat welchen gekocht.«

Er sah schlechter aus als gestern, aber das konnte auch am Licht liegen, versuchte ich mir einzureden.

»Und der Teppich?«

»Später. Ich möchte dir heute die Geschichte des Cirque perdu erzählen. Lass uns sehen, wie weit ich komme.« Er hüstelte, nahm den Zylinder ab und begann: »Einer meiner Urgroßväter, sein Name war Kamponrad, besaß einen wunderbaren Zirkus mit einem riesigen Zelt und allem Drum und Dran, wie sich die Leute eben einen Zirkus vorstellen. Genau da lag aber das Problem. Wo auch immer der Zirkus auftauchte, waren die Leute neidisch auf Kamponrad und seinen großen Zigeunerzirkus. Wenn Zigeuner arm sind, werden sie als Bettler und Schmarotzer beschimpft; wenn Zigeuner viel besitzen, gelten sie als Schwindler oder Diebe. Dieser wundervolle Zirkus war jedenfalls vielen Leuten ein Dorn im Auge. Je prächtiger er wurde, umso schlimmer wurde es. Eines Nachts haben sie ihn angezündet. Das Zelt brannte lichterloh, das Feuer griff über auf das Stroh und auf die Wagen. Die Leute vom Zirkus kämpften die ganze Nacht gegen die Flammen, doch es half nichts. Am nächsten Morgen lag der ›wunderbarste Zirkus der Welt‹, wie Kamponrad ihn nannte, in Schutt und Asche.

Es scheint sich nie zu ändern. Seit sechshundert Jahren begleitet uns der Hass auf unserer Reise durch die Welt. Kamponrad konnte nur einen Wagen retten. Es ist der, in dem wir jetzt sitzen. Die Polizei half nicht, die Täter zu finden – wie so oft –, stattdessen vertrieb sie die Zirkusleute. Da versammelte Kamponrad seine Familie um diesen Wagen und pinselte den neuen Zirkusnamen an die Wand: *Le Cirque perdu*. Der verlorene Zirkus. Sie schworen sich, dass man ihnen diesen Zirkus niemals wegnehmen würde, den Zirkus, den sie in ihren Herzen trugen.«

»Was für eine schöne, traurige Geschichte.«

»Sie ist noch nicht zu Ende.« Er nahm einen Schluck Tee. »Der älteste Sohn, der seinem Vater wie aus dem Gesicht geschnitten war, wurde der kleine Kamponrad genannt. Nach dem Tod der Eltern nahm er den Wagen und zog zusammen mit seiner Schwester Kala über Land. Sie hatten begriffen, dass man sie in Ruhe ließ, solange sie für kleine Zirkusleute auf der Durchreise gehalten wurden.

Ihr Vater war bis zu seinem Tod der Illusion hinterhergelaufen, er könnte wieder einen großen Zirkus aufbauen. Der kleine Kamponrad und seine Schwester Kala gingen einen anderen Weg. Sie verschrieben sich der Aufgabe, mit einem winzigen Zirkus das größtmögliche Staunen zu entdecken. Über die Jahre haben sie diesen Teppich gewebt und das zweite Sehen gelernt, das seitdem von Generation zu Generation verfeinert wird und hinausgetragen in die Welt.«

Beim letzten Satz sah er mich auf seine besondere Weise an, dieser Blick, in dem man sich aufgehoben fühlte und der einen gleichzeitig durchbohrte. Dann senkte er den Kopf, und sein Gesicht verlor so rasch an Farbe, als würde er ausbluten.

»Soll ich dir noch einen Tee bringen oder etwas anderes?« Ich ergriff seine Hand.

»Einen Tee vielleicht«, antwortete er kraftlos.

»Sind der große Kamponrad und die Kala, die ich kennengelernt habe, die Kinder oder Enkel des kleinen Kamponrad?«

»Nein, nein, so werden nur der Mann und die Frau genannt, die unsere Gemeinschaft anführen. Aus Respekt vor seiner Leistung wurde der kleine Kamponrad später der große Kamponrad genannt. Bis vor kurzem war ich der große Kamponrad. Doch unsere Regeln bestimmen, dass diese Aufgabe noch zu Lebzeiten an einen Nachfolger übergeben werden muss. Jeder große Kamponrad macht das so. Und jeder Zirkusfahrer bestimmt im Laufe seines Lebens einen neuen Zirkusfahrer – damit wir nicht aussterben.«

»Der erste Zirkusfahrer, den du bestimmt hast, war Bajou?«

»Das war er.«

»Wann bekommt Bajou seinen nächsten Auftritt? Zusammen mit mir?«

»Jeder hat nur einen Auftritt. Wenn er ihn nicht meistert, ist das kein Zufall. Dann war's das. Das ist keine Führerscheinprüfung, die man einfach wiederholen kann.« Er wischte sich mit seinem karierten Taschentuch über die Stirn. »Der erste Auftritt ist im Grunde ganz leicht, du musst das Staunen beherrschen. Gelingt es dir, kommst du in die Manege und wirst eine von uns. Wenn nicht, ist es auch nicht schlimm, außer deine Eitelkeit ist verletzt, wie bei Bajou.«

»Aber wenn es so unwichtig ist, wozu dann der ganze Aufwand?«

Er verdrehte die Augen. »Ich habe nicht gesagt, dass es unwichtig ist, sondern, dass es für denjenigen, der es nicht schafft, nicht schlimm ist. Für die Welt ist es ein Verlust. Weil das Wunder der Welt bestaunt werden will. Weil nicht nur *du* die Welt spürst, die Welt spürt auch dich.«

Ich stierte vor mich hin wie ein junges Kalb. »Ich verstehe kein Wort.«

»Das musst du auch nicht. Ich versuche es einfacher zu sagen: Staunen, das ist das Gefühl, das wir haben, wenn etwas gänzlich Unerwartetes geschieht.«

»Und was ist absolutes Staunen?«

»So ziemlich das Gegenteil: Wenn du begreifst, dass *nichts* zufällig passiert – dann versetzt dich genau das in absolutes Erstaunen.«

»Das versetzt dich in Erstaunen?«

»Es braucht noch ein bisschen mehr dazu als die Erkenntnis, dass es den reinen Zufall nicht gibt.«

»Und das wäre?«

»Du musst die Energie sehen, die alles antreibt. Es nützt nichts, darüber zu sprechen. Wenn du diese Kraft nutzen kannst, wird sie dich nicht nur in die Manege tragen, sondern auch darüber hinaus. Und wenn nicht, na, dann musst du weiter Geschirr abwaschen und Kartoffeln schälen.« Er gluckste in sich hinein. »Thaïs«, sagte er, plötzlich mit schwacher Stimme, »wir müssen zum Ende kommen. Langsam verlässt mich die Kraft.«

»Gut, aber was hat es mit dem Teppich auf sich?«

»Nimm ihn mit in deinen Wagen, das ist dein Zauberteppich.« Er zwinkerte mir zu. »Du setzt dich im Schneidersitz darauf und vertiefst dich in das Muster. Jeden Tag eine Stunde lang. Bajou soll dir zeigen, wie du das Muster ansehen musst. Du musst es anschielen, deshalb nennen wir es das zweite Sehen. Und jetzt würde ich gern ein wenig schlafen.«

Ich gab ihm einen Kuss auf die Stirn, die wie immer kalt und feucht war, und rollte den Teppich zusammen.

Auf dem Weg zu meinem Wagen kam mir Bajou entgegen. Es schien, als hätte er auf mich gewartet. Er tat überrascht: »Oh, Papó hat dir den Teppich gegeben?«

»Ja, er meinte, du könntest mir zeigen, wie er funktioniert.«

»Seit wann *funktionieren* Teppiche?«

Ich atmete tief durch. »Bajou, kannst du mir zeigen, wie das zweite Sehen geht? Ich brauche deine Hilfe.«

Er zögerte einen Moment. »Gut, lass es uns versuchen. Wann hast du Zeit?«

»Jetzt«, sagte ich.

Schweigend trotteten wir zum Wagen. Die Luft war abgestanden. Ich öffnete ein Fenster. »Breite ihn da in der Mitte aus.«

Ich rollte den Teppich aus, entledigte mich der Schuhe und setzte mich im Schneidersitz auf den Teppich.

»Nicht in die Mitte. Du musst dich an den Rand setzen, damit du das Muster betrachten kannst.«

Ich tat, was er sagte.

»Siehst du die beiden symmetrischen Muster? Versuch jetzt, sie übereinanderzubringen, dazu schielst du am besten. Anfangs siehst du immer nur kurz das linke und dann das rechte Muster. Aber nach einer Weile ist da plötzlich ein neues Muster. Das meint Papó mit dem zweiten Sehen.«

»Und wofür soll das gut sein?«

»Für Kopfschmerzen.« Zum ersten Mal lachten wir wieder zusammen. »Also, ich kann dir nur sagen, dass man sich danach fühlt, als hätte man tief und fest geschlafen oder als wäre man gerade aus einem Traum erwacht.«

»Hast du die Energie gesehen?«

»Nein, ich habe keine Energie gesehen«, sagte er traurig. »Ich würde mir wünschen, dass du es schaffst – aber ich weiß nicht, ob ich dabei wirklich eine große Hilfe bin.«

»Ich kann jeden Beistand gebrauchen, ich hab furchtbare Angst, alles zu vermasseln.«

»Dann sind wir ja schon zwei«, sagte er, und wir lächelten uns an.

Nach vier Tagen schaffte ich es zum ersten Mal, die beiden Muster übereinanderzubringen und eine halbe Stunde zu halten. Als ich aufstand, fühlte es sich an, als wäre ich tagelang fort gewesen. Ich war verwirrt und machte einen langen Spaziergang. Ich lief zum Wald über dem Plateau und bestieg auf der anderen Seite des Waldes den nächsten, steileren Hügel. Dort überquerte ich eine langgestreckte Heidelandschaft, die an verblühten Blumenwiesen vorbeiführte, bis ich zu einer Gruppe großer moosbewachsener Steine gelangte, wo ich eine Rast einlegte.

Der Wind frischte auf und rauschte mir in den Ohren; es wurde immer kälter. Ich zog meinen Rolli bis unters Kinn. Bald würde es den ersten Frost geben. Am Horizont tanzten unter dunklen Regenwolken graphitfarbene Schatten – es regnete über dem Meer.

Auf dem Zirkushügel war unser Leben ganz von der Natur bestimmt. Sie bestimmte, wie oft wir uns wuschen, wann wir zur Toilette gingen, was wir aßen – alles hing vom Wetter ab. In Paris gab es im Grunde nur zwei Formen von Wetter: gutes Wetter, wenn es warm und trocken war, oder schlechtes Wetter, wenn es kalt und nass war. Schnee wurde, wenn er die Stadt in unschuldiges Weiß hüllte und der Himmel klar war, zum guten Wetter gezählt; wenn er aber als schmutziger Schneematsch unter grauem Himmel liegen blieb, war er schlechtes Wetter. Im Freien, also draußen, verbrachte man ohnehin nur Zeit bei gutem Wetter. Bei schlechtem Wetter versuchte man, schnell wieder nach drinnen zu kommen. Hier oben lebten wir eigentlich immer draußen, auch wenn wir im Wagen saßen. Wir lebten mit der Natur. Und langsam begann mir das zu gefallen.

14

DER MULO KLOPFT AN

Eine Woche war seit meinem letzten Treffen mit Papó vergangen. Meine täglichen Sitzungen auf dem Teppich hatten mich gelassener gemacht, trotz der wachsenden Sorge um Papós Gesundheit. Mittlerweile konnte ich ziemlich gut schielen. Ein paarmal, am Ende der Sitzung, sah ich gleißende Farben. Gerne hätte ich Papó gefragt, ob das die Energie sei, aber unser letztes Treffen musste ausfallen. Er war zu schwach. Umso mehr strahlte ich, als ich die zwei Schläge wieder hörte. Ich riss die Tür auf und starrte in das sorgenvolle Gesicht des Rumänen.

»Er will dich sehen. Geht gar nicht gut.«

Bajou lief vor Papós Wagen auf und ab.

»Was ist los?«, rief ich.

»Es geht ihm schlecht, wirklich schlecht. Er will dich unbedingt noch einmal sehen.« Dann ergriff er meinen Arm, und ich wusste nicht, ob er mich festhielt oder sich selbst: »Beruhige ihn! Er muss viel schlafen. Vielleicht kommt er dann wieder zu Kräften. Und ruf mich, wenn es schlechter geht. Du weißt ja, warum?«

»Nein, warum?«

»Wegen des Wagens.«

»Was ist mit dem Wagen?«

Er kaute auf seiner Unterlippe. »Er darf nicht in seinem Wagen sterben. Sonst müssen wir den Wagen verbrennen. Und das will er auf keinen Fall.«

»Ist es so schlimm?«

»Er ist sehr schwach.«

Wir starrten beide vor uns hin, als hätte sich ein Teil der Welt vor unseren Augen aufgelöst, weil wir es zum ersten Mal angesprochen hatten: Papós Tod.

Ich blieb mit der Hand am Türgriff stehen und musste daran denken, dass ich vor einiger Zeit schon einmal vor einer Tür gestanden hatte, die Klinke in der Hand, mit dem gleichen unguten Gefühl. An der Tür zum Institut Luban. Damals war es um meine Großmutter gegangen. Jetzt ging es um meinen Großvater. Ich holte tief Luft und trat ein.

»Papó!«

Seine Haut war durchsichtig, wie Pergamentpapier. Es war in einem elenden Zustand.

Er hob kurz den Kopf, öffnete die trüben Augen: »Musst ohne mich die Vorstellung …« Er schloss die Augen wieder und atmete schwer. »Der Rumäne wird den großen Kamponrad, Kala ... holen. Mach deine Vorstellung, mach sie jetzt.«

Ich wollte etwas Tröstliches sagen, stattdessen war ich damit beschäftigt, nicht in Tränen auszubrechen.

Papó schlief. Ich holte ein Kissen, legte es ihm in den Nacken und hob seine Beine auf den kleinen Schemel. Dann setzte ich mich in den abgeschabten Sessel neben der Eingangstür und war ratlos wie nie.

Irgendwann schreckte ich auf. Draußen war es dunkel.

»Papó?«, rief ich. Keine Antwort. »Papó?«, rief ich noch einmal.

Er kauerte noch hinten auf dem Stuhl. Sein Kopf war zur Seite gekippt, der Zylinder auf den Boden gefallen und sein Gesicht so weiß, als wäre er in der Zwischenzeit geschminkt worden. Wie eine glühende Metallschlange kroch Panik in mir hoch. Ich rannte zur Tür.

»Bajou, Bajou! Komm schnell!«

Papós Augen zuckten, sein Atem ging stoßweise. Bajou kam die Stufen hinaufgerannt, nahm Papós Hand und redete auf ihn ein.

»Wir müssen ihn hinaustragen, Thaïs. Er darf hier nicht sterben.«

Ich nickte. Bajou holte den Rumänen. Schweigend hoben die beiden die Tür aus den Angeln und legten Papó vorsichtig darauf. Der Rumäne fluchte leise über Papós Gewicht, wofür er von Bajou einen Tritt in die Hacken bekam. Wütend schrie ich die beiden an, dass ich sie umbringen würde, wenn sie Papó fallen ließen. Aber er fiel nicht, er rutschte nur, als sie die Stufen hinuntergingen. Langsam, ganz langsam rutschte er mit den Füßen voran in das breite Kreuz des Rumänen. Bajou packte Papó hinten am Frackkragen und hielt ihn auf dem Türblatt. Draußen setzten sie ihn vorsichtig im frostigen Gras ab.

Der Rumäne holte alle Petroleumlampen aus seinem Wagen und stellte sie im Kreis um Papó auf. Was für ein Bild, dachte ich, die absurdeste Trauergemeinde der Welt: rechts von Papó Bajou, Musiker, Weißclown, sein Enkelsohn, mein Cousin. Links Papós Enkeltochter in Trainingshosen und zerschlissenem Pullover. Zu Papós Füßen der Rumäne: Kutscher, Koch, Jäger, Faktotum. Er hatte seine dreckige Mütze abgenommen und drehte sie nervös in den Händen. Vielleicht weil Papó von uns ging oder weil er meinte, dass Mulo, der Tod, um den Wagen schlich, oder einfach nur, weil er einen Schnaps brauchte. Egal. Alles egal. Warum musste Papó gerade jetzt sterben? Warum ausgerechnet jetzt? Was für eine bescheuerte Frage. Ich gab mir selbst die Antwort: Wenn man einen Menschen liebt, ist jeder Zeitpunkt falsch.

Bajou holte seine Klarinette aus dem Wagen. Eigentlich war er ein guter Klarinettist, aber diesmal klang es bloß erbärmlich. Der Rumäne schien die Musik gar nicht wahrzunehmen, stand nur da und kratzte sich am Kopf. Ich brauchte eine Weile, um die Melodie zu erkennen. Ein Zirkuslied, natürlich, das Lied, das am

Ende jeder Vorstellung im Zirkus Beck gespielt wurde. Wie passend. Ich legte meinen Kopf auf Papós Brust, nur um nicht weiter dumm dastehen. Wie sehr wünschte ich mir, sein Herz zu hören. Bajou spielte weiter und weiter, wahrscheinlich wusste er nicht, was er sonst tun sollte. Und der Rumäne drehte seine dreckige Mütze in den Händen. Immer weiter.

Der Wind trieb feine Schneekristalle den Zirkushügel hinauf. Bajou nahm die Klarinette aus dem Mund und schaute in den Himmel.

Der Rumäne nuschelte: »En'lich.«

Und weil er damit offenkundig nicht den Schnee meinte, bekam er einen Tritt von Bajou, der danach trotzig weiterspielte.

Plötzlich war da etwas.

»Hört ihr das? Er stöhnt.«

»Vielleicht wegen Musik«, sagte der Rumäne und bekam dafür den nächsten Tritt.

»Seid doch mal ruhig!«

Wieder ein Stöhnen, gefolgt von leisem Husten.

»Oh, nein!«, rief ich. Papó durfte nicht merken, dass wir ihn zum Sterben vor die Tür gelegt hatten.

»Wir müssen ihn reinbringen«, rief Bajou. »Sofort!«

Beim Anheben rutschte Papó herunter. Als wir ihn mit einem Ruck zurück auf die Tür zogen, riss seine Hose. Egal. Hauptsache, schnell zurück an den Ofen. Der Wind wirbelte immer mehr Schneeflocken durch die Luft. Im Wagen setzten wir Papó auf den Sessel. Der Rumäne hängte die Tür wieder ein und kümmerte sich um das Feuer. Nie tat Papó das, was man erwartete. So war er.

»Leben ist«, sagte er immer, »Leben ist, wenn etwas dazwischenkommt.«

Das galt wohl auch für sein Sterben.

Wir rieben seinen Kopf, bis unsere Hände glühten. Langsam schmolzen die feinen Eiskristalle in unseren Haaren zu tausend winzigen Wassertropfen. Es wurde endlich warm.

Dann öffnete Papó die Augen. »Ich, ich liebe den ersten Schnee.«

15

DER SPRUNG DURCH DEN SPIEGEL

Bajou und der Rumäne pflegten Papó seit drei Tagen. Es gehe ihm schon besser, er sei aber noch zu schwach, um mit mir zu sprechen. Umso größer war meine Freude, als es am vierten Tag zweimal an meiner Tür klopfte.

Zum ersten Mal empfing mich Papó nicht in Frack und Zylinder am Sekretär sitzend, sondern liegend im Bett.

»Thaïs«, sagte er leise.

»Du siehst gut aus«, sagte ich. »Dein Gesicht hat nicht mehr die Farbe von Ziegenkäse.«

Er lächelte matt. »Der große Kamponrad und Kala sind bald da. Sie wissen Bescheid. Werden dir letzte Anweisungen geben. Du kannst alles, was du können musst. Vertrau mir.« Er schluckte ein paarmal. »Du musst nur springen. Glaub mir, nur springen. Ich warte in der Manege auf dich. Das nächste Mal, das ist mein Ernst, sehen wir uns in der Manege.« Er schloss die Augen.

Zurück in meinem Wagen dachte ich an Victoria. Jetzt hätte ich einen Schluck aus ihrem Flachmann gut vertragen können. Ich holte ihr Taschentuch, in dem der rußige Haltering lag, und drückte es an meine Brust. Ein fremdes, leises Klopfen. Draußen stand Kala, neben ihr der kleine Übersetzer des großen Kamponrad.

»Dürfen wir reinkommen?«, fragte Kala. »Ist nämlich arschkalt hier draußen.«

»Entschuldigung, ich bin nur etwas verwirrt, weil der große Kamponrad noch fehlt.«

»Der fehlt nicht«, sagte der Kleinwüchsige. »Ich bin der große Kamponrad.« Er deutete eine Verbeugung an: »Der Dicke ist nur der Darsteller des großen Kamponrad. Für die Gadsche, die Nichtzigeuner. Wir haben aus der Vergangenheit gelernt – reiben nicht mehr jedem *alles* unter die Nase.«

Ich starrte ihn ungläubig an. »Bitte nehmen Sie doch Platz.«

Kala setzte sich neben mich auf die Bank und gab mir einen Klaps auf die Schulter: »Musst nicht reden wie auf dem Amt, wir sind schließlich Familie.«

»Ja, natürlich, aber heute ist ein sehr wichtiger Tag. Ich bin nervös.«

Der große Kamponrad grinste mich an: »Es ist ein wichtiger Tag. Aber nur bei den Leuten, die den Witz des Lebens nicht verstanden haben, sind Ernst und Wichtig Zwillinge.«

Langsam entspannte ich mich. Ich fühlte mich wie auf einem Familientreffen mit dem lustigen Onkel und der fidelen Tante.

»Weißt du, was dich erwartet?«, fragt Kala. »Weißt du, was wir von einem Zirkusfahrer erwarten?«

»Ja«, antwortete ich artig. »Ich soll zeigen, dass ich das absolute Staunen beherrsche.«

»Und?«, fragte der große Kamponrad. »Wofür soll das gut sein?«

Ich kam mir vor wie bei einer mündlichen Prüfung. »Seit ich dreizehn bin, weiß ich, dass die Unendlichkeit nicht kalt und leer ist. Ich glaube, ich kann die Energie sehen, die alles zusammenhält. Und ich glaube, die Energie sieht auch mich.«

»Schade, dass Papó das nicht gehört hat«, sagte der große Kamponrad. »Du wirst übrigens keine Tricks vorführen, eigentlich wirst du gar nichts vorführen. Bei diesem Auftritt wirst du nur dir selbst begegnen. Keiner von uns ist dabei, wir haben nur die Aufgabe, dir einen Rahmen zu schaffen, in dem du dich entscheiden kannst: entweder die Alte zu bleiben oder ein neues Leben zu beginnen und eine von uns zu werden.«

»Bist du bereit?«, fragte Kala.

»Ich bin bereit.«

Wir traten hinaus ins Freie. Der Himmel war von dunklen Wolken bedeckt, nur vereinzelt funkelten ein paar Sterne.

Kala umarmte mich und gab mir einen Kuss auf die Wange. »Spring einfach.«

»Komm«, sagte der große Kamponrad und ging auf den schwarzen Käfigwagen zu.

Erst jetzt wurde mir bewusst, dass ich mich seit meinem ersten Besuch im Cirque perdu nicht mehr für diesen Wagen interessiert hatte. Die große Laderampe an der Längsseite war hochgeklappt, die Tür war mit einem schweren Riegel verschlossen. Der große Kamponrad blieb stehen und drehte sich zu mir.

»Das soll die Manege sein?«, fragte ich ungläubig.

»Das ist der Eingang zur Manege. Du musst unter den Wagen krabbeln. In der Mitte ist eine Klappe, sie ist offen. Steig in den Wagen. Auf der einen Seite findest du mehrere Kerzen und Zündhölzer. Zünde neun Kerzen an. Neun Kerzen. Nicht mehr und nicht weniger. Wenn die neunte Kerze brennt, beginnt deine Vorstellung: Du drehst dich um. Auf der anderen Seite des Wagens steht ein großer Spiegel an der Wand. Betrachte dich in diesem Spiegel, und wenn du mit dem, was du dort siehst, im Frieden bist, löschst du die Kerzen und springst durch den Spiegel.« Der große Kamponrad legte seinen Zeigefinger an den gespitzten Mund und machte »Pssst«, obwohl ich nichts gesagt hatte. »Frag nicht, wie das geht. Spring einfach, es funktioniert. Du wirst in der Manege landen, Papó und die anderen werden dich dort erwarten. Mehr darf ich dir nicht sagen. Nur eins noch: Ich wünsche mir mehr als alles in der Welt, dass du springst.«

Ich blieb allein zurück und einsam wie noch nie in meinem Leben. Wie gern hätte ich Papó an meiner Seite gehabt. Ich ging auf die Knie und robbte unter den Wagen. Bis zur Klappe werde ich mir die Knie aufgescheuert haben, dachte ich. Egal. Es war so düster, dass es keinen Unterschied machte, ob ich die Augen geöffnet hielt oder schloss. Plötzlich ein Schmerz in meiner Hand. Es dauerte ein paar Sekunden, bis ich begriff, dass ich mir einen Holzsplitter in die Hand gestoßen hatte. Fluchend tastete ich weiter das Holz ab, jetzt vorsichtiger. So schien es eine Ewigkeit zu gehen, dann gab der Boden endlich nach – ich hatte die Klappe gefunden. Langsam zwängte ich mich hindurch, dachte an den Holzsplitter in meiner Hand, dachte an jede Unwichtigkeit, die ich finden konnte, weil ich nicht einen Kubikmillimeter Raum lassen wollte für die Frage, wie ich unbeschadet durch einen mannshohen Spiegel springen sollte.

Im Inneren war es ebenfalls stockfinster. Es roch nach Weihrauch, wie in einer Kirche, aber vielleicht bildete ich mir das auch nur ein. Ich blieb auf allen vieren hocken. »Nicht, dass ich noch den Spiegel umschmeiße!«, sagte ich laut, um mich weniger allein zu fühlen. Dann ertastete ich vertikale Holzstreben, tastete weiter – eine Holzplatte. Ich richtete mich auf. Da war eine große Kerze, daneben eine Schachtel. Ich nahm ein Zündholz heraus. Eine kleine Flamme – erst sprühend blau, dann gelb flackernd – erhellte mehrere Altarkerzen. Es kostete mich all meine Selbstbeherrschung, nicht in den Spiegel hinter mir zu schauen. Mit hölzernen Bewegungen entzündete ich Kerze um Kerze. Neun Kerzen leuchteten.

Jetzt sollte ich mich umdrehen. Ich hätte in dieser Sekunde darauf geschworen, dass mein Herz nicht mehr schlug. Um mich herum und in mir war völlige Stille.

Ich drehte mich um. Im Spiegel sah ich Thaïs. Zumindest hatte das Mädchen eine gewisse Ähnlichkeit mit mir, nur dass es viel jünger war. Ich erkannte mich. Da stand ich im Alter von dreizehn Jahren.

»Bist du bereit?«, fragte die Thaïs im Spiegel und lächelte mich an.

Mir war nicht klar, was sie meinte, aber im nächsten Augenblick spürte ich ihre Hand in meiner. Wir machten einen Schritt nach hinten – und sprangen. Ein kalter Luftzug umwehte uns. Alle Kerzen erloschen.

Es herrschte Dunkelheit.

16

DIE HEIMKEHR

Als ich auf dem Sägemehl landete und mein schmerzendes Knie rieb, wusste ich, dass dies die Manege des Cirque perdu war. Papó begrüßte mich im Frack und mit einem neuen glänzenden Zylinder auf dem Kopf. Er strahlte. Der große Kamponrad und Kala saßen in der ersten Reihe.

»Meine Damen und Herren«, rief Papó in ein goldenes Mikrofon, »die unvergleichliche Mademoiselle Leblanc wird Ihnen nun das absolute Staunen vorführen!«

Plötzlich ertönte ein markerschütterndes Kreischen. Ich drehte mich erschrocken um.

Mister Kismet kam auf mich zugerannt, größer und grauhaariger, als ich ihn in Erinnerung hatte. Er riss sein Maul auf, sprang mir auf den Rücken, und dann lief ich mit dem kreischenden Schimpansen durch das

Rund der Manege – und schrie wie am Spieß. Papó und die anderen brüllten vor Lachen.

In diesem Augenblick erinnerte ich mich an die kleine Thaïs, mit der ich durch den Spiegel gesprungen war. Ich rief nach ihr, rief meinen eigenen Namen – und entdeckte sie endlich, hinter dem roten Vorhang, da, wo ich immer gestanden und Victoria beobachtet hatte. Lächelnd schaute sie mir zu. Und das tat sie schon mein ganzes Leben lang.

»Du musst mir helfen«, schrie ich.

Aber sie schüttelte nur den Kopf. »Hast du immer noch nicht verstanden, welche Rolle er in unserem Leben spielt? Mister Kismet. Er ist das Schicksal. Das Fremde. Das Unbekannte. Das dich jederzeit anspringen und zu Boden werfen kann. Das dir an den Haaren zerrt und dich beißen oder liebkosen wird. Sollst du die Flucht ergreifen oder es zärtlich umarmen? Die Antwort musst du selbst finden.«

Und ich beschloss, nicht länger davonzulaufen, nicht vor mir und auch nicht vor Mister Kismet. Ich kniff die Augen zusammen, so fest ich konnte, spitzte die Lippen und wandte mich um – fest entschlossen, das Beste aus dem zu machen, was mich erwartete.

Für einen flüchtigen Moment meinte ich etwas zu spüren. Dann passierte eine ganze Zeitlang nichts. Absolut nichts. Bis ich voller Staunen begriff, dass ich angekommen war. Im Zirkus der Stille.